YOU'RE ON!

YOU'RE ON!

SEVEN PLAYS IN ENGLISH AND SPANISH

SELECTED BY
LORI MARIE CARLSON

MORROW JUNIOR BOOKS
NEW YORK

For my father,
Robert Vernon Carlson

Two plays in this collection—*The Girl Who Waters Basil and the Very Inquisitive Prince* and *A Dream in the Road*—were previously published in Spanish. All others appear for the first time.

Compilation copyright © 1999 by Lori M. Carlson

Published by Morrow Junior Books
a division of William Morrow and Company, Inc.
1350 Avenue of the Americas, New York, NY 10019
www.williammorrow.com

Printed in the United States of America.

10 9 8 7 6 5 4 3 2 1

Library of Congress Cataloging-in-Publication Data
You're on!: seven plays in English and Spanish / selected by Lori Marie Carlson.
p. cm.
English and Spanish.
Contents: These shoes of mine = Estos zapatos míos / Gary Soto—Tropical memories = Remembranzas tropicales / Pura Belpré—Jump in = Ven a saltar / Denise Ruiz—The girl who waters basil and the very inquisitive prince = La niña que riega la albahaca y el príncipe preguntón / Federico García Lorca—Luck = La buena suerte / Elena Castedo—A dream in the road = Un sueño en el camino /Alfonsina Storni—Christmas fantasy = Fantasía de Navidad / Oscar Hijuelos.
ISBN 0-688-16237-1
1. Children's plays, American—Hispanic American authors—Translations into Spanish. 2. Children's plays, American—Hispanic American authors. 3. Children's plays, Spanish—Translations into English. 4. Hispanic Americans—Juvenile drama. 5. Children's plays, Spanish. [1. Plays—Hispanic American authors—Collections. 2. Plays—Collections. 3. Spanish language materials—Bilingual.] PS634.5.S7Y68 1999 812.008'09282'08968—dc21 99-17222 CIP

CONTENTS

INTRODUCTION

I REMEMBER THE FIRST TIME I WAS IN A PLAY. It was summer, and I was bored, so I organized a theater. The stage was the grassy backyard of my house. The curtain? A huge red plaid blanket folded on a clothesline joining two hickory-nut trees. I also directed my summer theater and designed the scenery. I spoke and sang, but I left the dancing to my sister, a three-year-old whirling dervish and natural ham. Neighborhood children participated by doing whatever they liked.

During elementary school, I was in several plays. I loved to be onstage. But then, in junior high school, I became quite shy. It wasn't until my freshman year of high school that I began to enjoy acting again. The musical *Oklahoma* was so much fun, and I was enchanted by the jaunty, rhythmic tunes. Once, my favorite English teacher encouraged me to try out for the role of Portia in *The Merchant of Venice*. I would have, had I not been so unsure about my thespian abilities. I had an enviable memory, and I was very theatrical, at least in front of my circle of pals, but performing Shakespeare in front of a thousand people? Forget it.

Oddly enough, plays do allow for hiding. The audience sees the physical forms of actors onstage but knows nothing of their personal thoughts or feelings. Actors can hide quite successfully behind the characters they are playing. Some of the shiest and gentlest people I have known have been the best actors.

Essential to performing, it seems to me, is letting your imagination go, allowing for mood and character transformations. Calderón de la Barca, a seventeenth-century Spaniard and one of the greatest playwrights in the history of world theater, said, "*La vida es sueño*," which means "Life is a dream." I do believe it's true.

In the Spanish-speaking world, theater has always had many functions in the community. Initially, in Spain, centuries ago, theater had an instructional purpose. It wasn't simply entertainment. Often, ideas about right and wrong, or morality plays, were staged for the people, so that religious teachings could be enforced. Certain beliefs were more understandable to the average citizen if he could see them acted out. Just think: Hearing about an angel might be interesting, but actually seeing one garbed in white and gold, with wings, is really spectacular.

In Spain, the great age of theater, known as the Golden Age, occurred in the late 1500s and 1600s. It wasn't until the late nineteenth and early twentieth centuries that theater had a second wind in the Iberian Peninsula. By that time, theater had become a vehicle for examination and criticism. Playwrights often explored what made society unbearable or

cruel. Sometimes they attacked institutions or certain indi-
viduals in a bold and searing way. One of Spain's greatest
playwrights, Federico García Lorca, often showed his country-
men how difficult, even wretched, life was for Spanish women,
for example.

In twentieth-century Latin America, theater often involved
protest. Small troupes would shout their disapproval of
regimes or politics in—believe it or not—whispers. What do I
mean by this—*shout in whispers*? Strong messages, critical com-
ments could be delivered in the softest tone of voice onstage,
or in comedy, in outlandish scenes of hilarity and absurdity.
This way, the authorities might not be aware that they were
being exposed and examined by the nation.

Of course, not all theater is about protest or criticism.
Sometimes a play is just plain fun. In the United States, there
is no place for plays and musicals that compares with New
York City's Broadway. And Broadway is just that: a wide avenue
showing all kinds of drama, from tragedies and comedies to
one-man shows and lavish musicals. While Latin theater is not
a very strongly felt component on the national stage yet, it's
certain that, with time, this will change. Latino actors are
becoming more and more popular in television, cinema, and
theater.

In order to present a broad range of bilingual plays in
this anthology, I decided to include work from Spain, Latin
America, and the United States. These are plays that can
just as easily be read in the classroom as staged. They are
fairly short—some just a few pages long. There is some-

thing here for a variety of moods and moments. It is possible to act like a kid in the barrio who can't speak English well because she is a recent immigrant, as depicted in the work by Denise Ruiz. How about pretending to be a coffee plant? Yes, really. Puerto Rican Pura Belpré's work requires actors who wouldn't mind morphing into something really different for a change. In Oscar Hijuelos's pageant, *Christmas Fantasy*, imagine all the tomfoolery to be had by being an itsy-bitsy Christmas elf named Peachpit. The extraordinary Spanish poet Federico García Lorca seems to say in his folkloric piece, Hey, look, drama is a poem, too. Just as the Argentine Alfonsina Storni whispers, Close your eyes and listen to the music, in both the Spanish and the English in her haunting mime. In *These Shoes of Mine*, Gary Soto's realistic dialogue goes straight to the heart—any heart willing to try and do the right thing, no matter how hard. Of course, some drama is about a lot of movement. If aerobics is your thing, I dare you to try acting in Elena Castedo's play of musical chairs. You're on!

YOU'RE ON!

THESE SHOES OF MINE

BY GARY SOTO

CHARACTERS
Manuel
Mother
Angel, the school bully
Elena, Manuel's sister
Manuel's relatives
Tío José, Manuel's uncle
Ceci, the girl whom Manuel likes
Partygoers

SETS
Living room of Manuel's house
A street in the neighborhood
Bedroom of Manuel's house

PROPS
A sewing machine
A clunky pair of boy's shoes
A new pair of penny loafers
A letter
A wrapped birthday present
Two cots with pillows

COSTUMES
Everyday clothes

THESE SHOES OF MINE

(Manuel paces back and forth in big clunky shoes while his mother sits at a table sewing patches onto a pair of pants.)

MANUEL *(indicating his shoes)*: Look at them!

MOTHER: They're nice, *mi'jo*.

MANUEL: Nice! They're too big! They're old! They're ugly. *(Stomps his feet.)* And can you hear them?

MOTHER: They're like drums.

(Manuel stomps louder.)

MOTHER: No, like congas.

MANUEL: Everyone will hear me. They'll laugh and say, "Here comes Manuel in his big ugly shoes."

MOTHER: Mi'jo, it will be like music from your feet.

MANUEL *(kicking up a shoe)*: And look. There's a start of a hole on the bottom. Rain will get in. *(Desperately)* And they're from the thrift store.

MOTHER: Sure, they're a little bit used, but these shoes are new for you.

MANUEL: Mom!

MOTHER: Manuel, new things cost money.

(*Manuel's sister enters stage left, balancing three boxes of shoes and slowly walking across the stage.*)

MANUEL: But look at Elena! She's got new shoes. Lots of them!

MOTHER: She saved her money for them. And what did you do with your money?

(*Manuel forces a moody face.*)

MOTHER: Come on. *Dime.* Tell me.

MANUEL (*low voice*): I bought a hundred ice creams.

MOTHER: Louder!

MANUEL: I bought a hundred ice creams for my friends. (*Pause*) I should have bought a bicycle. Then I could ride by real fast and no one would see that I have ugly shoes.

(*Telephone rings, and the mother gets up to answer it. Her face brightens as she hears a relative's voice.*)

MOTHER: *¿Quién es? ¿Pablo? ¿Dónde está? En Chula Vista. Pues, Fresno no es muy lejos. Por Greyhound dos días, no más.*

(*Her voice fades, but she keeps talking into the telephone.*)

MANUEL (*to audience*): Mom's always helping relatives from Mexico. (*Mocking*) "Please, stay with us. Don't worry. We have room for you." And me? I get stuck with old shoes or . . . (*looking at table piled with sewing, among it a patched-up pair of old pants*) or jeans like these.

(*Lights fade, then come up on Manuel and his mother. Manuel holds up a pair of brand-new loafers.*)

MOTHER: Take care of them. They're for your birthday, except early.

MANUEL: Thanks, Mom! They're really nice.

(*He hugs his mother, kicks off his old shoes, and starts to put on the new loafers.*)

MOTHER: They're called loafers. *Mira*, you can put pennies in them.

MANUEL: Where?

MOTHER: Here. In these slots. (*Bends to put in pennies.*) That's why they're called penny loafers.

(*Manuel clicks the heels of his penny loafers; Mother leaves stage.*)

MANUEL: But why should I put pennies in? I'd rather have dimes!

(*Manuel bends to insert two shiny dimes in the slots. He walks around the stage, admiring his shoes. Transfixed by the shoes, he doesn't notice Angel, the school bully, who has come onstage, "tagging" walls.*)

ANGEL: What's wrong with you, homes? You loco?

MANUEL: Oh, hi, Angel!

ANGEL: There's something different about you. . . . (*Circles Manuel.*) How come you're wearing those kind of shoes? You look like a nerd, homes.

MANUEL: They're penny loafers. Stylish, huh?

ANGEL (*pointing*): What's that?

MANUEL: What's what?

ANGEL: That shine! Looks like dimes. Give 'em up!

MANUEL (*whining*): Angel.

ANGEL: Come on! Give 'em up. I could use a soda. Yeah, a root beer would make me feel real happy.

(*Manuel squeezes the dimes from his shoes. He hands the dimes over to Angel, who leaves, flipping the coins. Manuel walks dejectedly back to his house. He takes the shoes off and throws them into a box.*)

MANUEL (*to audience*): Months pass. My mom keeps taking in relatives from Mexico, and I keep on wearing my old shoes.

(*Relatives march in a line across the stage; then his mother appears holding a letter. She sniffs the letter.*)

MANUEL (*to audience*): And you know what else happens? I grow two inches. I get big. I can feel my shoulders rise like mountains . . . well, more like hills. But still, they get bigger. . . . Then, I get an invitation.

MOTHER: Manuel, here's a letter . . . from a girl.

MANUEL: A girl wrote to me?

MOTHER (*holding it under the light*): Yeah, it says—

MANUEL: Mom! It's personal!

(*Manuel takes the letter from his mother, who leaves stage.*)

MANUEL: Wow! An invitation to Ceci's birthday party. "Games and dancing" and "Dress to impress."

(*Manuel runs offstage. Mother and Tío José, a Mexican immigrant, enter.*)

MOTHER: Let me show you your room. You'll share it with Manuel.

TÍO JOSÉ (*looking about*)**:** Nice place, ¡Y qué grande!

(*The two exit; Manuel enters wearing a tie and holding a wrapped gift. He looks down at his old shoes.*)

MANUEL: I can't wear these shoes.

(*He turns to the box holding his loafers. He takes out the loafers, fits in two dimes, and then struggles to put them on.*)

MANUEL: Hmmm, kind of tight. Guess my feet were growing with the rest of me.

(*Manuel walks around stage, taking hurtful steps.*)

MANUEL: But I got to go to the party! It's going to be a good one.

(*Manuel walks painfully, crawls, swims, then gets back to his feet.*)

MANUEL: Maybe if I walk backward, my toes won't feel so jammed.

(*Manuel begins to walk backward, sighing with relief.*)

MANUEL: Wow, the world looks different. The birds look different, and the cars, and those kids over there on their bikes.

(*As Manuel absorbs the world in his backward walk, Ceci and partygoers come onstage. Manuel bumps into Ceci.*)

MANUEL: Sorry, Ceci.

CECI: That's okay. How come you're walking backward?

MANUEL: Oh, you know, to see how the world looks from the other direction. (*Pause*) Also, I'm inventing a dance.

CECI: You're what?

MANUEL: A new dance. It's called . . . the Backward Caterpillar.

(*Manuel demonstrates by cha-chaing backward. Ceci and partygoers fall in line and cha-cha backward, too.*)

CECI: Look at Manuel slide in his new shoes!

(*Partygoers ad-lib "Cool shoes," "Look at the dude slide," "Manuel's the best!" Partygoers cha-cha off the stage. Lights dim, then come up on Manuel and Tío José in their beds, ready to go to sleep, their hands folded behind their heads.*)

MANUEL: Doesn't that crack on the ceiling look like lightning?

TÍO JOSÉ: Sí, it does. And that one over there looks like a pair of scissors, *¿qué no?* (*Pause*) You have a good life, muchacho. A nice house and plenty to eat. Your mama's a good cook.

MANUEL: I am lucky. And I had good luck at Ceci's party.

TÍO JOSÉ (*getting up*): Wish me luck tomorrow. I'm going to Modesto. I think I got a job in a restaurant there.

MANUEL: How will you get there?

(*Tío José sits up.*)

TÍO JOSÉ (*hooking thumb into a "hitchhiking" manner*): Un poquito de éste and lots of walking. Pero mira, mis huaraches son rasquachis. (*Laughing*) I hope they can make it to Modesto.

MOTHER (*offstage*): José! ¡Teléfono!

(*When Tío José leaves, Manuel examines his uncle's worn sandals. Manuel scribbles a note as lights dim. Lights come up on Tío José and Manuel asleep; Tío José rises, sleepily rubbing his face. A rooster crows offstage.*)

Tío José: It's morning already. (*Eyes Manuel's shiny shoes at foot of bed.*) What's this?

(*Tío José reads note and shakes his nephew awake.*)

Tío José: These shoes? For me? They're too nice for a worker like me.

Manuel: You have a long way to go, Tío, and you need good shoes.

(*Tío José is touched by this gesture. He puts on shoes and walks a few steps as he tries them out.*)

Tío José: They're perfect. Adiós, Manuel. These shoes will take me a long ways, and by the time they are worn out, you'll be as tall as your parents. They'll be looking up to you.

(*Tío José walks offstage and Manuel lowers his head back onto the pillow.*)

Estos zapatos míos

por Gary Soto

traducido al español por Osvaldo Blanco

PERSONAJES
Manuel
La mamá de Manuel
Ángel, el pendenciero de la escuela
Elena, la hermana de Manuel
Los parientes de Manuel
El Tío José
Ceci, la chica que le gusta a Manuel
Los asistentes de la fiesta

ESCENA
La sala de la casa de Manuel
Una calle en la vecindad
El dormitorio de Manuel

DECORACIÓN
Una máquina de coser
Un par de zapatos feos
Un par de zapatos nuevos estilo mocasín
Una carta
Un regalo de cumpleaños envuelto
Dos camastros con almohadas

VESTUARIO
Ropa cotidiana

Estos zapatos míos

(*Manuel camina de un lado a otro dando golpetazos con unos zapatos demasiado grandes mientras su madre, sentada a la mesa, pone remiendos a un par de pantalones.*)

MANUEL (*señalando sus zapatos*): ¡Mira estos zapatos!

MADRE: Son bonitos, mi'jo.

MANUEL: ¡Bonitos! ¡Son demasiado grandes! ¡Son viejos! ¡Son feos! (*pisa con fuerza*) ¿Y oyes como suenan?

MADRE: Suenan como tambores.

(*Manuel pisa aún más fuerte.*)

MADRE: No, como congas.

MANUEL: Todo el mundo me oirá. Se van a reír. "Ahí viene Manuel con esos horribles zapatones".

MADRE: Mi'jo, será como música de tus pies.

MANUEL (*quitándose un zapato de una sacudida*): Y mira. Ya se está haciendo un agujero en la suela. Le va a entrar el agua. (*desoladamente*) Y son de la tienda de segunda mano.

MADRE: Cierto, están un poquito usados, pero esos zapatos son nuevos para ti.

MANUEL: ¡Mamá!

MADRE: Manuel, las cosas nuevas cuestan mucho.

(*La hermana de Manuel entra en escena por la izquierda, balanceando tres cajas de zapatos, y cruza el escenario caminando lentamente.*)

MANUEL: ¡Pero mírala a Elena! Se compró zapatos nuevos. ¡Montones de zapatos!

MADRE: Elena ahorró su dinero para los zapatos. ¿Y qué has hecho tú con tu dinero?

(*Manuel pone cara triste.*)

MADRE: Vamos, dime. Dime.

MANUEL (*en voz baja*)**:** Compré como cien helados.

MADRE: ¡Más alto!

MANUEL: Compré cien helados para mis amigos. (*pausa*)

Debí haberme comprado una bicicleta. Entonces podría andar bien rápido y nadie notaría que tengo zapatos feos.

(*Suena el teléfono y la madre se levanta para contestar. Su rostro se ilumina al oír la voz de un pariente.*)

MADRE: ¿Quién es? ¿Pablo? ¿Dónde estás? En Chula Vista. Pues, Fresno no es muy lejos. Por Greyhound dos días, no más.

(*Baja gradualmente la voz, pero sigue hablando al teléfono.*)

MANUEL (*dirigiéndose al público*)**:** Mamá siempre está ayudando a los parientes de México: (*imitando burlonamente*) "Por favor, quédense con nosotros. No se preocupen. Tenemos lugar para ustedes". ¿Y yo? Yo tengo que aguantarme estos zapatos viejos o . . . (*mirando la mesa cubierta con labor de costura, incluido un par de pantalones remendados*) . . . o unos vaqueros como éstos.

(*Las luces se apagan gradualmente, luego vuelven enfocando a Manuel y su madre. Manuel sostiene un par de zapatos estilo mocasín nuevos.*)

MADRE: Cuídalos. Son para tu cumpleaños, aunque los recibas antes de tiempo.

MANUEL: ¡Gracias, mamá! Son realmente bonitos.

(*Abraza a su madre, se quita con sendas sacudidas los zapatos viejos y comienza a ponerse los mocasines nuevos.*)

MADRE: Se llaman mocasines. Mira, puedes poner centavos en ellos.

MANUEL: ¿Dónde?

MADRE: Aquí. En estas ranuras. (*se inclina para poner monedas de un centavo*) Por eso es que los llaman mocasines de centavos.

(*Manuel choca los talones de sus mocasines de centavos; su madre sale de escena.*)

MANUEL: ¿Pero por qué voy a poner monedas de un centavo en los mocasines? ¡Es mejor que ponga de diez!

(*Manuel se inclina para insertar dos brillantes monedas de diez centavos en las ranuras. Camina por el escenario admirando sus zapatos. Fascinado por los zapatos, no advierte la presencia de Ángel, el pendenciero de la escuela, que ha entrado en escena arrimado a las paredes.*)

ÁNGEL: ¿Qué te pasa, compinche? ¿Estás loco?

MANUEL: ¡Oh! ¡Hola, Ángel!

ÁNGEL: Te noto algo raro . . . (*da vueltas alrededor de Manuel*) ¿Cómo es que usas esa clase de zapatos? Pareces un ganso, compinche.

MANUEL: Son mocasines de centavos. Son de estilo, ¿no?

ÁNGEL (*señalando*): ¿Qué es eso?

MANUEL: ¿Qué cosa?

ÁNGEL: ¡Eso que brilla! ¡Parecen monedas de diez! ¡Trae pa'cá!

MANUEL (*con voz quejumbrosa*): Ángel.

ÁNGEL: ¡Vamos! Dámelas. No me vendría mal un refresco. Sí, una gaseosa me daría un gran gusto.

(*Manuel hace salir las monedas de diez de los zapatos. Las entrega a Ángel, quien se retira echando las monedas al aire. Manuel regresa abatido a su casa. Se quita los zapatos y los arroja dentro de una caja.*)

MANUEL: (*al público*) Los meses pasan. Mi madre sigue acogiendo parientes de México, y yo sigo usando mis zapatos viejos.

(*Pasan parientes en una línea cruzando la escena; luego aparece la madre de Manuel con una carta en la mano. Ella huele la carta.*)

MANUEL: (al público) ¿Y saben ustedes qué otra cosa sucede? He crecido dos pulgadas. Me estoy haciendo grande. Siento que los hombros se me alzan como montañas . . . bueno, más bien como cerros . . . Entonces, recibo una invitación. . . .

Madre: Manuel, tienes una carta . . . de una muchacha.

Manuel: ¿Me escribió una muchacha?

Madre (*sosteniendo la carta a la luz*): Sí, dice . . .

Manuel: ¡Mamá! ¡Es personal!

(*Manuel toma la carta de manos de su madre, quien sale de escena.*)

Manuel: ¡Huy! Una invitación a la fiesta de cumpleaños de Ceci. "Juegos y baile" y "Vestir para causar impresión".

(*Manuel sale corriendo de escena. Entran la madre y el Tío José, un inmigrante mexicano.*)

Madre: Permíteme que te muestre tu cuarto. Lo compartirás con Manuel.

Tío José (*mirando a su alrededor*): Bonito lugar. ¡Y qué grande!

(*Salen los dos; Manuel entra vestido con corbata y sosteniendo un paquete envuelto para regalo. Se mira los zapatos viejos.*)

Manuel: No puedo ir calzado con estos zapatos.

(*Se vuelve hacia la caja que contiene los mocasines. Los extrae de la caja, pone en ellos dos monedas de diez y luego se esfuerza por calzarlos.*)

Manuel: Humm, un poco ajustados. Creo que los pies me crecieron junto con el resto del cuerpo.

(*Manuel da vueltas por el escenario con pasos que le lastiman.*)

Manuel: Pero tengo que ir a la fiesta. Va a estar muy buena.

(*Manuel camina con dolor, se mueve gateando, anda como si nadara; luego se endereza.*)

Manuel: Tal vez, si camino para atrás . . . ¡los dedos no estarán tan apretados!

(*Manuel empieza a caminar hacia atrás, suspirando con alivio.*)

Manuel: Huy, el mundo parece distinto. Las aves parecen diferentes, y los autos, y esos chicos allá en sus bicicletas.

(*Mientras Manuel absorbe el mundo caminando hacia atrás, entran en escena Ceci y los asistentes a la fiesta. Manuel choca con Ceci.*)

Manuel: Perdona, Ceci.

Ceci: No es nada. ¿Cómo es que estás caminando para atrás?

Manuel: Oh, bueno, para enterarme cómo se ve el mundo desde la dirección contraria. (*pausa*) Además, estoy inventando un nuevo baile.

CECI: ¿Estás inventando qué?

MANUEL: Un nuevo baile. Se llama . . . la Oruga Va Pa' Trás.

(*Manuel hace la demostración de un cha-cha-chá hacia atrás. Ceci y los asistentes a la fiesta se ponen en fila bailando el cha-cha-chá hacia atrás.*)

CECI: ¡Miren a Manuel patinando con sus zapatos nuevos!

(*Los participantes de la fiesta improvisan: "zapatos de onda", "miren cómo se desliza el tipo", "¡Manuel es el campeón!"*)

(*Los participantes salen de escena bailando el cha-cha-chá. Se apagan gradualmente las luces, luego se encienden con Manuel y José en sus camas, las manos entrelazadas debajo de la nuca y disponiéndose a dormir.*)

MANUEL: ¿Esa grieta en el cielo raso, no parece un relámpago?

TÍO JOSÉ: Sí, parece. Y ésa, allá, parece un par de tijeras, ¿qué no? (*pausa*) Pasas una buena vida, muchacho. Una hermosa casa y comida en abundancia. Tu mamá es una buena cocinera.

MANUEL: Tengo suerte. Y también tuve suerte en la fiesta de Ceci.

Tío José (*comenzando a levantarse*): Deséame suerte mañana. Voy a ir a Modesto. Creo que conseguí un trabajo allá, en un restaurante.

Manuel: ¿Cómo vas a llegar?

(*Tío José se incorpora.*)

Tío José (*formando un gancho con el pulgar, al estilo de quien pide viajar a dedo*): Un poquito de éste y mucho caminar. Pero, mira, mis huaraches son rasquachis. (*riendo*) Espero que duren hasta Modesto.

Madre (*fuera de escena*): ¡José! ¡Teléfono!

(*Luego que sale Tío José, Manuel examina las gastadas sandalias de su tío. Escribe de prisa una nota mientras las luces se apagan gradualmente. Se encienden las luces iluminando a Tío José y Manuel, dormidos; Tío José se frota la cara, soñoliento. Se oye el canto de un gallo fuera de escena.*)

Tío José: Es de día ya. (*Observa los brillantes zapatos de Manuel al pie de la cama*) ¿Qué es esto?

(*Tío José lee la nota y sacude a su sobrino para despertarlo.*)

Tío José: ¿Y estos zapatos? ¿Para mí? Son demasiado finos para un trabajador como yo.

MANUEL: Tienes que ir muy lejos, tío, y vas a necesitar buenos zapatos.

(*Tío José se muestra conmovido por ese gesto. Se pone los zapatos y camina algunos pasos para probarlos.*)

Tío José: Me van perfectos. Adiós, Manuel. Estos zapatos me llevarán lejos, y por la época en que estén gastados, serás tan alto como tus padres. Y ellos te respetarán y admirarán.

(*Tío José sale de escena en tanto que Manuel apoya nuevamente la cabeza en la almohada.*)

TROPICAL MEMORIES
BY PURA BELPRÉ
translated from the Spanish by Lori Marie Carlson

CHARACTERS
Grandfather
Granddaughter, Carmencita
Chorus (small or large group)
Coffee Plants

SET
A tropical orchard

PROPS
Clouds
A large pink veil decorated with
paper or cloth butterflies

COSTUMES
Clothing of rural Puerto Rico

TROPICAL MEMORIES

GRANDFATHER: A time of abundance . . . a divine epoch . . . the age of my glory . . .

GRANDDAUGHTER: Grandpa . . . You are remembering again. . . . You will make yourself sad. . . . You're going to cry.

GRANDFATHER: Look, Carmencita, these green fields . . . these rich vines. They knew of a time that was full of delight.

GRANDDAUGHTER: Yes, I know, Grandpa. You've told me before how the potatoes and juicy, sweet pineapples filled your cart when you traveled to town; how the sugarcane and coffee allowed you to grow what I see: star apples, lemon trees. I know that your oranges were excellent! But time passes, Grandpa. The land has given her fruit. . . . And now it's tired, no longer fertile. It doesn't have strength. . . . Like an orchard that begs us to leave it alone!

GRANDFATHER: Glories that do not exist! An age that will not return! Look, Carmencita, you're right. Your wisdom makes me realize we're fortunate still.

GRANDDAUGHTER: Sit down, Grandpa. Stop thinking so much. Times have to change. Sit down and rest. Look at the sun and that hill bathed in light. . . . And I'll sing for you, just like I do for the holidays. Let's see if you can take a nice siesta!

(*The grandfather sleeps while Carmencita sings a song, "Los Frutos Vienen a Vida" ["The Fruit Trees Bud"]. To represent the dreams of the grandfather, the chorus should sing "El Café Gloria de Borinquen."*)

CHORUS: Puerto Rican coffee, your magic taste,
Your delicate breath,
And your fragrant scent
Today proclaim
That you are among coffees
The most delicious in the world.
(*Repeat.*)

COFFEE PLANTS: I am the most beautiful,
The most tender of plants.
My pure white flowers,
Similar to jasmine;
My leaves are so green, so delicate,
That trees and fruits
Grow all around me,
Worrying the sun will burn me,
Worrying the sun will burn me.

CHORUS: Worrying the sun will burn you,
Worrying the sun will burn you.

COFFEE PLANTS: All plants take care of me.
They take care of me well,
And all of them hope for
My blessing and health.

CHORUS: They take care of the coffee,
They take care of it well,
And all plants hope for
Its blessing and health.

COFFEE PLANTS: Because I am and always will be
The most delicious of Borinquen goods,
I am coffee.

(*The plants go to their places—in between the clouds. The grand-daughter sits down by her grandpa, as if in a dream, surrounded by a soft pink veil with butterflies.*)

CHORUS: Sleep, Grandpa—your dreams are reality.
You live in your dreams of the past.

GRANDDAUGHTER: My grandpa is fragile and upset, and he trembles. Won't you come, Grandpa? Won't you come?

(*She takes her grandpa's hand and leads him away.*)

Remembranzas tropicales

por Pura Belpré

PERSONAJES
Abuelo
Nieta, Carmencita
Coro (grupo grande o pequeño)
Café

ESCENA
Una huerta tropical

DECORACIÓN
Nubes
Un rosado velo sutil con alas de mariposas
de papel o tela

VESTUARIO
Ropa del campo puertorriqueño

ABUELO: Tiempo de bonanzas . . . Época divina . . . Era de mis frutos . . .

NIETA: Somos, abuelito . . . Estás otra vez recordando . . . que te vas a poner triste . . . que vas a llorar.

ABUELO: Mira, Carmencita, estos verdes prados . . . estas ricas viñas . . . Supieron de un tiempo lleno de delicias.

NIETA: Ya lo sé, abuelito. Todo me lo has dicho;
como las patatas y las ricas piñas
llenaban tu carro cuando al pueblo ibas;
como con tu caña y con tu café,
lograste tener lo que aquí se ve;
amén de caimitos y de limoneros.
¡Ya sé que tus naranjas la gloria tuvieron!
Pero pasa el tiempo, abuelito mío. La tierra
ya ha dado lo que ella tenía . . . Y ahora,
cansada y pobre de estiércol, no tiene
ya fuerzas . . . ¡Si está como un huerto
que a veces nos grita le dejemos
quieto!

ABUELO: ¡Glorias que no existen! ¡Tiempos que no vuelven!

Mira, Carmencita, ese razonar que de mujer tienes es algo veraz que ya me detiene, a pensar un poco sobre nuestra suerte.

NIETA: Siéntate, abuelito. Deja de pensar . . . Estos nuevos tiempos nos harán cambiar. Siéntate y descansa . . . Mira cómo el sol la colina baña . . . Mientras yo canto como en días de fiesta. ¡A ver si disfrutas de la buena siesta!

(*Abuelo duerme mientras Carmencita canta bajo una canción, "Los frutos vienen a vida." Cantan para representar el sueño del abuelo, "El Café Gloria de Borinquen."*)

CORO: Café riqueño, tu mágico sabor,
Tu aliento delicado,
Y tu fragante olor
Hoy hacen que los pueblos proclamen a la vez
Que tú eres entre todos
El más rico café.
(*se repite*)

CAFÉ: Yo soy la más hermosa,
La planta más gentil.
Mis flores blancas y puras,
Como la del jazmín;
Mis hojas son tan verdes,
Tan delicadas son,
Que árboles y frutos
Crecen a mi alrededor,
Temiendo que me manche la luz del mismo sol,

Temiendo que me manche la luz del mismo sol.

CORO: Temiendo que le dé la luz del mismo sol,
Temiendo que le dé la luz del mismo sol.

CAFÉ: Todos me miman mucho.
Me miman a la par.
Y todos de mí esperan
Su dicha y bienestar.

CORO: Todos lo miman mucho,
Lo miman a la par,
Y todos de él esperan
Su dicha y bienestar.

CAFÉ: Porque soy y siempre seré
Lo más rico que hay en Borinquen,
Yo soy el café.

(*Las plantas ocupan sus puestos—todo entre las nubes. Se sienta el abuelo—¡y allí se queda el sueño color de rosa envuelto en velo sutil y alas de mariposas!*)

CORO: Duerme, abuelito—sueño es realidad.
Tú vives en tu sueño del pasado.

NIETA: El mío abuelito es frágil y se agita y tiembla.
¿No vendrá, abuelito? ¿No vendrá?

(*Salen.*)

Jump In

by Denise Ruiz

CHARACTERS

LOIDA: Age ten. Carmen's little sister, who is trying to make friends. People make fun of her because she has an accent.

JOHANNA: Age ten. The most popular double-Dutch jumper on the block.

YASMIN: Age nine. Maritza's and Johanna's best friend. She usually turns rope when Johanna jumps. She's Eddie's big sister.

MARITZA: Age ten. Johanna's and Yasmin's best friend. She usually turns rope for Johanna.

CECI: Age twelve. One of the neighbors on the block who usually watches Johanna jump. She is a bully.

EDDIE: Age seven. Yasmin's little brother, who is also a good double-Dutch jumper. He jumps for money.

RALPHY: Age eleven. One of the neighbors on the block who feels sorry for Loida.

CHEO:	Age eight. One of the boys on the block who likes to play handball. He makes fun of Loida.
CARMEN:	Age eighteen. Loida's sister. She tries to protect Loida by keeping her away from the kids who are mean to her.
MOTHER:	Johanna's mom.

SETS
A street in the barrio with several stoops
A kitchen

PROPS
A handball
A jump rope
A dollar

COSTUMES
Play clothes—jeans and T-shirts

JUMP IN

SCENE 1

(Johanna is jumping double Dutch as her friends Maritza and Yasmin turn the ropes. A fourth girl, Loida, sits on the steps alone. A crowd of people stand around and watch. Johanna is very good. There are three boys playing handball across the street.)

MARITZA: Go, Johanna! Go, Johanna! It's your birthday!

YASMIN: Go, go, go . . . you!

JOHANNA: Go me. . . . Go me.

CROWD: Go. . . . Go. . . .

MARITZA AND YASMIN: Puerto Rico . . .

CROWD *(screaming)*: Hooooo!

MOTHER *(yelling out of the window)*: Johanna! Upstairs. Your father said to do the dishes . . . now!

JOHANNA: Aw, man! *(Johanna stomps her feet all the way up. The crowd begins to walk away.)*

MARITZA: Now whatta we gonna do?

YASMIN: No sweat! My little brother will jump for a dollar.

MARITZA: A dolla! I ain't givin' him my dolla!

LOIDA (*stands up*)**:** I haf wan daller.

MARITZA: You got what?

LOIDA: Wan daller. (*Yasmin and Maritza laugh.*)

YASMIN (*to the boys across the street playing handball*)**:** Yo, guys, check it out. This girl has a daller.

CHEO: A daller. (*He thinks.*) Oh, jou meeng tu tell me chee's wan of dose. What? She just move here? (*The kids laugh.*)

MARITZA: No, she swam right off the island.

LOIDA: Das not fonny.

CECI (*stepping out of the crowd*)**:** Yeah, well, I think it's funny.

LOIDA: Fine. Jou gif her brather a daller to see 'im jomp.

CECI: Come here, Eddie. (*Eddie comes over. She gives him the dollar.*) Now jump.

EDDIE (*snatching the dollar*)**:** No, I'm tired.

CECI: I said jump, Eddie.

EDDIE: I said no!

CECI: And I say if you don't, I'm gonna punch you in your head.

EDDIE: Oh yeah? I'll spit in your eye.

CECI: Gimme back my dollar, you little brat! (*Eddie runs away and Ceci runs after him.*)

YASMIN: You see what you did? If I get in trouble, I'm gonna . . .

LOIDA: Jou gonna what?

YASMIN: I'm gonna make you wish you never came outside. (*Yasmin pushes Loida and walks away. Ralphy walks over to Loida.*)

RALPHY: Don't let it bother you.

CARMEN (*screaming from the window*)**:** Loida!

LOIDA (*to Ralphy*)**:** I haf to go now. Jou tell her I cang jomp, too.

SCENE 2

(Loida and Carmen are in the kitchen eating dinner that same day.)

CARMEN: Quit trying to play with those rotten kids!

LOIDA: But I need to make sung friends.

CARMEN: But those kids always bother you.

LOIDA: Is because how I talk. I want to be like dem.

CARMEN: You'll be like them soon. You just have to give yourself some time. I had an accent when I first moved here, too. You'll get better at it, just watch.

LOIDA: But I want to chow dem I cang do sungthing right.

CARMEN: But if they're mean to you . . .

LOIDA: I cang jomp, Carmen. I swear I cang. I jus' wang to be a normal kid.

CARMEN (*hugging her*)**:** You are, mama.

LOIDA: Den let me jomp.

CARMEN: Okay. But if they're mean to you, you just walk away. You hear me, *nena*?

SCENE 3

(*Johanna is jumping rope again and a crowd is watching. Everyone suddenly stops and looks at Loida, who is walking toward them.*)

CROWD: Ooooh!

RALPHY: She's coming to get you, Ceci.

CECI: She better watch her back 'fore I get my brother to beat her. (*Johanna stops jumping and stares at Loida when she realizes that Loida is watching her.*)

JOHANNA (*to Loida*)**:** So, you think you can jump, huh?

LOIDA: I know I cang jomp!

CECI: Better than Johanna, you think?

LOIDA: Maybe.

CECI: You don't know nothing, so go play with somebody who understands what you say, you moron!

CROWD: Ooooh! Those sound like fighting words to me. You gonna take that?

MARITZA: Wait up. I got an idea. Leta jump.

YASMIN: Let her jump? What are you, crazy? She's a herb.

MARITZA: Maybe she is. If we leta jump and she ain't no good, then everybody else will know she's a herb. So Johanna, you think she's better than you?

JOHANNA: No!

MARITZA: Then whas up? Leta jump.

LOIDA: Jeah, Johanna, Whas op? (*Maritza and Yasmin begin to turn the ropes. Johanna jumps in.*)

CROWD: Go, Johanna! Go, Johanna! Get busy. . . . It's your birthday.

JOHANNA: Go me. . . . Go me. . . . (*She keeps jumping and finally messes up. Ralphy looks at his watch.*)

RALPHY: Four minutes and thirty-eight seconds. (*Turns to Loida*) Your go, Loida. (*The girls begin to turn and Loida slowly jumps in.*)

CROWD: Go, Loida. . . . Go, Loida. . . . (*Loida keeps jumping. The crowd keeps cheering.*)

RALPHY: Twenty-five, twenty-six, twenty-seven, twenty-eight, twenty-nine . . . (*Crowd keeps cheering.*) She's got ten seconds left to beat you.

JOHANNA: So, she ain't nobody.

CROWD: Go, go, go. . . . (*Loida keeps jumping and beats Johanna. Loida stops jumping.*)

LOIDA (*to Johanna*): So who's da herb now? (*Everyone is silent.*)

EDDIE (*to Loida*): That was cool. Show me how to do that? I bet I can get more than a dollar for that.

CROWD: Yo, that was fly. (*Loida smacks somebody five.*)

LOIDA (*to Johanna*): If jou wanna be friends, all jou haf to do is stop bothering me.

(*Johanna walks away, upset, and stomps her feet all the way up the stairs.*)

VEN A SALTAR

POR DENISE RUIZ

traducido al español por Osvaldo Blanco

PERSONAJES

LOIDA: Edad: 10 años. Hermana menor de Carmen, quien trata de hacer amigos. La gente se burla de ella porque habla con acento.

JOHANNA: Edad: 10 años. La saltadora de cuerda doble más popular de la cuadra.

YASMIN: Edad: 9 años. La mejor amiga de Maritza y Johanna. Generalmente es quien da vueltas a la cuerda cuando salta Johanna. Es la hermana mayor de Eddie.

MARITZA: Edad: 10 años. La mejor amiga de Johanna y Yasmin. Generalmente da vueltas a la cuerda para Johanna.

CECI: Edad: 12 años. Una vecina de la cuadra, que generalmente mira cuando salta Johanna. Es una pendenciera.

EDDIE: Edad: 7 años. Hermano menor de Yasmin, que también es un buen saltador de cuerda doble. Salta por dinero.

RALPHY:	Edad: 11 años. Vecino de la cuadra, que siente compasión por Loida.
CHEO:	Edad: 8 años. Uno de los niños de la cuadra, a quien le gusta jugar al balonmano. Suele burlarse de Loida.
CARMEN:	Edad: 18 años. Hermana de Loida. Trata de proteger a Loida manteniéndola alejada de los niños que son malos con ella.
MADRE:	Mamá de Johanna.

ESCENA
Una calle de barrio con porches
Una cocina

DECORACIÓN
Un balonmano
Una cuerda
Un dólar

VESTUARIO
Ropa cotidiana—jeans y camisetas

Ven a saltar

Escena 1

(*Johanna está saltando a la cuerda doble mientras sus amigas Maritza y Yasmin dan vueltas a las cuerdas. Una cuarta niña, Loida, está sentada sola en los escalones. Un grupo de gente rodea a las niñas, observando. Johanna salta muy bien. En el otro lado de la calle, tres niños juegan al balonmano.*)

MARITZA: ¡Vamos, Johanna! ¡Vamos, Johanna! ¡Es tu cumpleaños!

YASMIN: ¡Vamos, vamos, vamos . . . ya!

JOHANNA: ¡Y voy! ¡Y voy! . . . (*cantando*) ¿Seguimos?

GRUPO: ¡Vamos! . . . ¡Vamos! . . .

MARITZA Y YASMIN: Puerto Rico . . .

GRUPO (*chillando*): ¡Huuuu!

MADRE (*gritando desde la ventana*): ¡Johanna! Sube. Dice tu padre que laves los platos. . . . ¡Ahora!

JOHANNA: ¡Ay, bendito! (*Johanna sube pisando con rabia. El grupo comienza a dispersarse.*)

MARITZA: ¿Qué vamos a hacer ahora?

YASMIN: ¡No hay problema! Mi hermanito saltará por un dólar.

MARITZA: ¡Un dólar! ¡Ño le voy a dar mi dólar!

LOIDA (*se pone de pie*): Yo *tayngo* un *dáler*.

MARITZA: ¿Tú tienes qué?

LOIDA: Un *dáler*. (*Yasmin y Maritza se ríen.*)

YASMIN (*A los niños de enfrente que juegan al balonmano*): Oye, muchachos, oigan ésto. Esta chica tiene un *dáler*.

CHEO: Un *dáler*. (*Piensa*) Oh, quieres decir que ella es una de ésas. ¿Qué? ¿Acaba de mudarse aquí? (*Los muchachos se ríen.*)

MARITZA: No, llegó nadando de la isla.

LOIDA: Eso no es gracioso.

CECI (*Se separa del grupo*): Bueno, sí, yo creo que es gracioso.

LOIDA: Muy bien. Dale tú un *dáler* a su hermano para que salte.

CECI: Ven aquí, Eddie. (*Eddie se acerca. Ella le da el dólar.*) Ahora, salta.

EDDIE (*Arrebata el dólar*): No, estoy cansado.

CECI: Te dije que saltes, Eddie.

EDDIE: ¡Ya dije que no!

CECI: Y yo digo que si no lo haces, te doy un puñetazo en la cabeza.

EDDIE: ¿Ah, sí? Y yo te escupo en el ojo.

CECI: ¡Devuélveme el dólar, mocoso! (*Eddie sale corriendo y Ceci corre tras él.*)

YASMIN: ¿Viste lo que has hecho? Si me veo en un lío, te voy a . . .

LOIDA: ¿Me vas a qué?

YASMIN: Voy a hacerte desear que nunca hubieras salido de la casa. (*Yasmin empuja a Loida y se aleja. Ralphy se acerca a Loida.*)

RALPHY: No te preocupes por lo que dice.

CARMEN (*Gritando desde la ventana*): ¡Loida!

LOIDA (A *Ralphy*): *Tayngo* que irme ahora. Dile a ella que yo también sé saltar.

ESCENA 2

(*Loida y Carmen están cenando en la cocina ese mismo día.*)

CARMEN: ¡No sigas tratando de jugar con esa peste de niños!

LOIDA: Pero yo necesito hacer algunos amigos.

CARMEN: Esos niños siempre te molestan.

LOIDA: Es por mi modo de hablar. Yo quiero ser como ellos.

CARMEN: Pronto llegarás a ser como ellos. Sólo tienes que esperar un poco. Yo también tenía acento al principio cuando vine aquí. Irás mejorando, ya verás.

LOIDA: *Tayngo* que demostrarles que puedo hacer algo bien.

CARMEN: Pero, si ellos son malos contigo . . .

LOIDA: Yo sé saltar, Carmen. Te juro que sé. Sólo quiero ser una chica normal.

CARMEN (*La abraza*)**:** Tú lo eres, nena.

LOIDA: Entonces, déjame que salte.

CARMEN: Está bien. Pero, si te tratan mal tienes que apartarte de ellos. ¿Me oyes, nena?

ESCENA 3

(*Johanna está saltando nuevamente a la cuerda, y un grupo observa. De pronto, todos se quedan inmóviles, mirando a Loida que camina hacia ellos.*)

GRUPO: ¡Ooooh!

RALPHY: Viene a hacértelas pagar, Ceci.

CECI: Será mejor que se cuide si no quiere que le haga dar una paliza por mi hermano.

(*Johanna deja de saltar y mira fijamente a Loida al darse cuenta de que ésta la observa.*)

JOHANNA (A *Loida*)**:** Así que tú crees que sabes saltar, ¿eh?

LOIDA: ¡Yo sé que puedo saltar bien!

CECI: ¿Mejor que Johanna, te parece?

Loida: Tal vez.

Ceci: ¡Tú no sabes nada, de modo que vete a jugar con alguien que entienda lo que dices, imbécil!

Grupo: ¡Oooh! Ésas parecen palabras de buscar pelea. ¿Vas a aceptar eso?

Maritza: Esperen. Tengo una idea. Dejémosla saltar.

Yasmin: ¿Dejarla saltar? ¿Qué te ha dado, estás loca? Ella es una tonta.

Maritza: Quizá lo sea. Si la dejamos saltar y demuestra que no es buena, entonces todo el mundo sabrá que es una tonta. Bueno, Johanna, ¿Crees que ella es mejor que tú?

Johanna: ¡No!

Maritza: ¿Entonces, qué decidimos? La dejamos saltar.

Loida: Sí, Johanna. ¿Qué decidimos? (*Maritza y Yasmin comienzan a dar vueltas a las cuerdas. Johanna empieza a saltar.*)

Grupo: ¡Vamos, Johanna! ¡Vamos, Johanna! Dale. . . . Es tu cumpleaños.

JOHANNA: ¡Y voy! . . . ¡Y voy! . . . (*Sigue saltando y finalmente tropieza. Ralphy mira su reloj.*)

RALPHY: Cuatro minutos, treinta y ocho segundos. (*Se vuelve hacia Loida*) Es tu turno, Loida.

(*Las muchachas empiezan a dar vueltas a las cuerdas y Loida, lentamente, salta sobre las cuerdas.*)

GRUPO: Vamos, Loida . . . Vamos, Loida . . . (*Loida sigue saltando. El grupo continúa aclamando.*)

RALPHY: 25, 26, 27, 28, 29 . . . (*El grupo sigue gritando con entusiasmo*) Le quedan diez segundos para ganarte.

JOHANNA: Y qué, ella no es nadie.

GRUPO: Sigue, sigue, sigue . . . (*Loida sigue saltando y le gana a Johanna. Loida deja de saltar.*)

LOIDA (*A Johanna*)**:** ¿Bueno, quién es la tonta ahora? (*Todos guardan silencio.*)

EDDIE (*A Loida*)**:** Eso estuvo fenómeno. ¿Me vas a enseñar cómo hacerlo? Apuesto que puedo cobrar más de un dólar por eso.

GRUPO: Eh, eso estuvo chévere. (*Loida choca palmas con alguien.*)

Loida (A *Johanna*): Si quieres que seamos amigas, todo lo que tienes que hacer es dejar de fastidiarme.

(Johanna se aleja contrariada y sube pisando fuerte hasta el último escalón.)

THE GIRL WHO WATERS BASIL AND THE VERY INQUISITIVE PRINCE

A RECONSTRUCTION OF A LOST PLAY

BY FEDERICO GARCÍA LORCA

translated from the Spanish by Lori Marie Carlson

CHARACTERS
African Man
Shoemaker
Prince
Prince's Page
Irene, the shoemaker's daughter
First Wise Man
Second Wise Man
Third Wise Man

SETS
A room in the palace
The palace's patio

PROPS
A pot of basil
A watering can
Grapes
A sun tree
A moon tree

SOUND EFFECTS
A rooster crowing

COSTUMES
Nineteenth-century Spanish clothing for
royalty and peasants

The Girl Who Waters Basil and the Very Inquisitive Prince

An old Andalusian story in three acts

Act 1

AFRICAN MAN (*coming from a distance*): I sell stories. . . .
I sell stories. . . . I'm going to sell you a story. . . . Once upon
a time . . . Once upon a time, a poor shoemaker, a very poor
man, the poorest of men . . .

SHOEMAKER (*singing*): Shoemaker, maker, maker, tap the tack
into the back!

AFRICAN MAN: He lived across the street from the palace of
the prince. Rich, very rich, the richest of rich. Your Royal
Highness, would you like to come out? We're making introductions now.

(*Three knocks are heard.*)

PRINCE'S PAGE: His Majesty, the Prince, begs you to pardon
him, but he cannot come out because he is making pee-pee.

SHOEMAKER AND AFRICAN MAN: Whaaaaat! Shoemaker, maker,
maker, tap the tack into the back!

AFRICAN MAN: We should explain that the shoemaker has *duende* of song in his soul.

SHOEMAKER: Ah! My wife, now she could really sing.

AFRICAN MAN: We should say that the shoemaker is a widower.

SHOEMAKER: Going on four years now.

AFRICAN MAN: Come on now, Don Gaiferos. Don't open the chest of sad memories.

SHOEMAKER: Why do they have to know that I'm called Don Gaiferos!

AFRICAN MAN: We should explain that the shoemaker has a daughter.

SHOEMAKER: And her name is Irene. The girl-girl.
Go on, come on stage, girl!

AFRICAN MAN: Irene, girl. Would you like to come out? Irene! Kids, let's all call her out!
I—rene! I—rene!

IRENE (*singing*): I have eyes of blue
And a heart so true,

It brings forth light.

AFRICAN MAN: Now all of the introductions have been made—Mr. Shoemaker and his daughter, Irene, and even though the Prince could not come out because he had to make pee-pee, he has also been introduced. And now comes the best part! A morning of sunlight, at the hour when the rooster crows, and another rooster crows and another and another. . . . Early, very early, the girl-girl left to water a pot of basil at the very same time that the prince went out to get a little fresh morning air.

(*The girl appears at her window and waters the pot of basil below. The Prince, too, stands before his palace window.*)

IRENE (*singing*)**:** With a getty, getty, getty, with a getty, getty go. Please don't stare at me because I'll blush as red as a rose.

PRINCE: Girl who waters the basil tree, how many leaves do you see?

GIRL: Tell me, bungling king who isn't shy, how many stars are in the sky?

(*The girl closes her window, but the Prince, looking sad, stays by his.*)

PRINCE: How many stars are in the sky? How many, many little stars? (*Calling*) Page! Page! Sir! Page, come here!

PAGE: What is your wish, my Prince and Lord?

PRINCE: Listen, page. The girl-girl has asked me: How many stars are in the sky? And I don't know what to say!

PAGE: How many stars are in the sky? Well, I don't know!

PRINCE: What can I do? I've been made a fool. What can I do, page?

PAGE: Do what is possible for you to do, my Prince and Lord: Disguise yourself as a grape-seller.

PRINCE: As a grape-seller?

PAGE: Yes. And that way, you can talk with the girl-girl.

PRINCE: Good. Very good! I'll do that. (*They leave.*)

PRINCE (*coming from far away*)**:** Grapes, grapes . . . I sell grapes, grapes.

IRENE: Oh, I wish I was able to buy some!

PRINCE (*disguised as a grape-seller*)**:** Grapes, grapes, I accept kisses for grapes, little brunette!

IRENE: So, you really take kisses for grapes?

PRINCE: Well, yes. One bunch, one kiss. Another bunch, another kiss.

IRENE: Give me two, one for my father, as grapes make his mouth water.

PRINCE: Two bunches . . . two kisses! (*The Prince gives two bunches of grapes to the girl and the girl gives him two kisses.*) Good-bye, girl. Good-bye! (*He continues on, singing.*) Grapes . . . grapes!

AFRICAN MAN: The next day when the rooster crowed and another rooster crowed and another and another, the girl-girl went to her window to water the pot of basil, and at the same time the Prince and Lord took a little fresh morning air. (*He leaves.*)

PRINCE: Oh, the girl who waters the basil has come out!

IRENE (*singing*): With a getty, getty, getty, with a getty, getty go.

PRINCE: Girl, girl! Girl, girl who waters the basil, how many leaves has the basil tree?

IRENE: My inquisitive Prince . . . how many stars are in the sky?

PRINCE: Girl . . . Girl . . . what about those kisses that you gave the grape-seller!

IRENE: Booooohooooo! (*She cries comically and leaves.*)

AFRICAN MAN: The next morning when the rooster crowed and another rooster crowed and another and another . . . our Prince and Lord went to his window. (*He leaves.*)

PRINCE: Girl, girl who waters the basil, how many leaves has the basil tree? Aren't you coming out, girl?

SHOEMAKER: The girl doesn't want to come out, because she was hurt by your comment about kissing the grape-seller.

PRINCE: She doesn't want to come out? Because of wounded love? Hurt by wounded love. Wounded, dead by love.

AFRICAN MAN: And so our Prince and Lord became sick from melancholia. (*He leaves.*)

PRINCE: Ah, love, I am so badly hurt, hurt by wounded love, wounded dead by love.

PAGE: Don't worry, my Prince and Lord. Booooohooooo. (*He cries comically.*)

PRINCE (*also crying comically, and singing*)**:** Oh, it's so much work to love you the way I love you. Your love makes the air hurt, my heart and my hat hurt.

(*Curtain falls slowly.*)

ACT 2

(A *room in the palace*)

AFRICAN MAN: I sell stories. . . . I sell stories. . . . I sell stories. . . . Our Prince and Lord became sick from love for the girl Irene. And he called together a council of wise men in order to consult them. (*He leaves.*)

FIRST WISE MAN: Each day he is worse.

SECOND WISE MAN: He has the poor face of dark pain.

FIRST WISE MAN: He'll die from melancholia and leave us behind.

THIRD WISE MAN: A great magician with a hat of stars has come to our land to cure him of lovesickness.

SECOND WISE MAN: He could cure our Prince and Lord.

THIRD WISE MAN: Let's call him to the palace!

(*Curtain falls slowly.*)

ACT 3

(*The palace's patio*)

(*It is the girl Irene who comes out disguised as a magician with a black robe, cape, and a paper-cone hat decorated with silver stars. On the stage, there are two trees: a sun tree and a moon tree.*)

MAGICIAN: I come to the palace to cure lovesickness. Those who suffer from sicknesses of melancholia and the moon . . . come to me. I am the magician of happiness, and I bring the cornet of laughter!

PRINCE: Magician, magician, can you cure me?

MAGICIAN: With laurel branches . . . and the belt of Santa Inés . . . I command that your illness be cured and that it disappear into the well of black pain. In order to get well, you must marry the girl-girl.

PRINCE: The girl-girl?

MAGICIAN: Yes, Irene. (*She takes off her costume.*)

PRINCE: Irene! Then let the moons and honeys begin!

MAGICIAN: My very inquisitive Prince!

PRINCE: Irene-Irene!

GIRL: Irene . . . García.

PRINCE: Oh, Irene! Would you marry me?

GIRL: Yes, my very inquisitive Prince.

PRINCE: From this day forward, we will live with the *duende* of happiness in our hearts. (*They sing together.*) Girl, girl who waters the basil, how many leaves has the basil tree?

GIRL: Will you show me the rooster who crows every morning?

PRINCE: Not only that, but I'll show you where the heart's *duende* lives, too!

GIRL: Ohhhhhhh!

PRINCE: Yes. It lives beneath the pillow of a pure child.

GIRL: Pure?

PRINCE: Yes. Pure as silly things like wild lettuce of the soul!
(*They sing together.*)
Girl-girl who waters basil,
How many leaves has the basil tree?
Girl-girl who waters basil,
How many leaves has the basil tree?

(*All of the characters leave and sing rounds.*)

(*Curtain falls slowly.*)

(*It is hard to tell which shines more, the sun or the moon.*)

La niña que riega la albahaca y el príncipe preguntón

POR Federico García Lorca

PERSONAJES

Negro (Hombre africano)
Zapatero
Príncipe
Paje del príncipe
Irene, la hija del zapatero
Sabio primero
Sablo segundo
Sabio tercero

ESCENA

Sala del palacio
Patio del palacio

DECORACIÓN

Una maceta de albahaca
Una regadera de plantas
Uvas
Un árbol del sol
Un árbol de luna

EFECTOS DE SONIDO
Un gallo cacareando

VESTUARIO
Ropa apropiada a la realeza y a los peones del siglo
diecinueve en España

La niña que riega la albahaca
y el príncipe preguntón

Viejo cuento andaluz en tres estampas y un cromo.

ESTAMPA PRIMERA

NEGRO (*Viene desde lejos.*): Vendo cuentos . . .
Vendo cuentos . . . Les voy a vender un cuento . . . Había una
vez . . . Había una vez un zapatero pobre, muy pobre,
¡requetepobre!

ZAPATERO (*Cantando*): Zapatero, tero, tero,
¡clava la lezna en el agujero!

NEGRO: Vivía frente al palacio de un Príncipe
rico, muy rico, ¡requeterrico!
Señor Príncipe, ¿quiere usted salir?
¡Estamos en las presentaciones!

PAJE (*Se escuchan tres golpes.*): Su majestad, el Príncipe, os
ruega que lo perdonéis, pero no puede salir, porque está
haciendo pi-pí.

ZAPATERO Y NEGRO: ¡Ehhh! Zapatero, tero, tero,
clava la lezna en el agujero!

• 74 •

NEGRO: Debemos decir que el Zapatero tiene el duende de la canción en el alma.

ZAPATERO: ¡Ah! Mi mujer sí que cantaba.

NEGRO: Debemos decir que el zapatero es viudo.

ZAPATERO: Van para cuatro años.

NEGRO: Vamos, don Gaiferos, ¡no abra usted el cajoncillo de los tristes recuerdos!

ZAPATERO: ¡Porque han de saber que me llamo don Gaiferos!

NEGRO: Debemos decir que el Zapatero tiena un hija.

ZAPATERO: Y se llama Irene. La niña-niña.
Anda, ¡sal niña!

NEGRO: Irene, niña. ¿Quiéres salir? ¡Irene!
¡Niños!, ¡la llamamos todos!
¡I-re-ne!
¡I-re-ne!

IRENE: Tengo los ojos azules
y el corazoncito igual
que la cresta de la lumbre.
(*Cantando*)

NEGRO: Ya están hechas las presentaciones: el señor Zapatero y su hija Irene, y aunque el señor Príncipe no pudo salir porque estaba haciendo pi-pí, también está presentado. ¡Y ahora viene lo grande! Una mañana de sol, a la hora que un gallo cantó y otro gallo cantó y otro y otro . . . temprano, muy tempranito, la niña-niña salió a regar la maceta de albahaca y al mismo tiempo salió el Príncipe y Señor a tomar el fresquito de la mañana.

(Sale a su ventana la niña y riega la maceta de albahaca. También el Príncipe se asoma a la ventana de palacio.)

IRENE (*Cantando*)**:** Con el vito, vito, vito,
con el vito, vito, va.
Yo no quiero que me miren,
que me pongo colorá.

PRÍNCIPE: Niña que riegas la albahaca,
¿Cuántas hojitas tiene la mata?

NIÑA: Dime, rey zaragatero,
¿Cuántas estrellitas tiene el cielo?
(La niña cierra la ventana y el Príncipe se queda entristecido.)

PRÍNCIPE: ¿Que cuántas estrellitas tiene el cielo? ¿Cuántas, cuántas estrellitas? (*Llamando.*) ¡Paje! ¡Paje! ¡Señor! Paje, ¡ven acá!

PAJE: ¡Mande usted, mi Príncipe y Señor!

PRÍNCIPE: Escucha, paje. La niña-niña me ha preguntado: ¿cuántas estrellitas tiene el cielo? Y yo no he sabido qué contestarle!

PAJE: ¿Cuántas estrellitas tiene el cielo? ¡Pues no lo sé!

PRÍNCIPE: ¿Qué puedo hacer! ¡He sido burlado! ¿Qué puedo hacer, paje?

PAJE: Lo que usted podría hacer, mi Príncipe y Señor, es disfrazarse de vendedor de uva.

PRÍNCIPE: ¿De vendedor de uva?

PAJE: Sí. Y así podría hablar con la niña-niña.

PRÍNCIPE: Bien. ¡Muy bien! Eso haré. (*Se van.*)

PRÍNCIPE (*Viene desde lejos.*)**:** Uva, uvita . . .
Vendo uva, uvita.

IRENE: ¡Ay! ¡Quién pudiera comprarla!

PRÍNCIPE (*Viene disfrazado de vendedor de uvas.*)**:** Uvas, uvita, cambio uvas por besos, ¡morenita!

IRENE: ¿Así que tú cambias uvas por besos?

PRÍNCIPE: Pues sí: un racimito, un besito.
Otro racimito, otro besito.

IRENE: Dame dos, uno para mi padre, que se le hace agua la boca y otro para mí.

PRÍNCIPE: Dos racimitos . . . ¡dos besitos! (*El Príncipe le da dos racimos de uva y la niña dos besos.*) Adiós, niña. ¡Adiós! (*Se va cantando.*) ¡Uva . . . uvita. . . !

NEGRO: Al día siguiente, a la hora que un gallo cantó y otro gallo cantó, y otro, y otro, la niña-niña salió a la ventana a regar la maceta de albahaca, y al mismo tiempo salió el Príncipe y Señor a tomar el fresquito de la mañana. (*Se va.*)

PRÍNCIPE: ¡Oh, sale la niña que riega la albahaca!

IRENE (*Cantando*): Con el vito, vito, vito,
con el vito, vito, va.

PRÍNCIPE: ¡Niña, niña!
Niña-niña que riegas la albahaca,
¿cuántas hojitas tiene la mata?

IRENE: Mi Príncipe preguntón . . .
¿Cuántas estrellitas tiene el cielo?

PRÍNCIPE: Niña . . . Niña . . .
¡Los besos que le diste al uvatero!

IRENE: ¡Buahhahhahhh! (*Llora cómicamente y se va.*)

NEGRO: A la mañana siguiente, a la hora que un gallo cantó
y otro gallo cantó, y otro, y otro . . . nuestro Príncipe y Señor
salió a su ventana. (*Se va.*)

PRÍNCIPE: ¡Niña, niña que riegas la albahaca,
¿cuántas hojitas tiene la mata?
¿No sales, niña?

ZAPATERO: La niña no quiere salir, porque está ofendida por
lo del uvatero.

PRÍNCIPE: ¿No quiere salir? ¿Por qué amor herido?
Herido de amor herido.
Herido muerto de amor.

NEGRO: Y así nuestro Príncipe y Señor enfermó de melancolía. (*Se va.*)

PRÍNCIPE: Ay, amor que vengo muy mal herido,
herido de amor herido,
herido muerto de amor.

PAJE: No se preocupe usted, mi Príncipe y

Señor. Buahhhh. (*Llora cómicamente.*)

PRÍNCIPE (*También llora cómicamente. Canta.*)**:**
Ay, qué trabajo me cuesta
quererte como te quiero.
¡Por tu amor me duele el aire,
el corazón y el sombrero!

(*Telón lento.*)

ESTAMPA SEGUNDA

(*Sala del palacio*)

NEGRO: Vendo cuentos . . . vendo cuentos . . . vendo cuentos . . . Nuestro Príncipe y Señor enfermó de amor por la niña Irene. Y llamó a un consejo de sabios para consultarlos. (*Se va.*)

SABIO 1: Cada día está peor.

SABIO 2: Tiene carita de pena negra.

SABIO 1: ¡Se nos muere de melancolía!

SABIO 3: Ha llegado a nuestro reino un gran mago con sombrero de estrellas y que cura el mal de amores.

SABIO 2: Él podría curar a nuestro Príncipe y Señor.

SABIO 3: ¡Vamos al llamarlo al palacio!

(Telón lento)

ESTAMPA TERCERA

(Patio del castillo)

(Es la niña Irene, que viene disfrazada de mago con manto negro y sombrero cucurucho bordado de estrella de plata y una gran capa. En el escenario está el árbol del sol y el árbol de la luna.)

MAGO: ¡Vengo a palacio a curar mal de amores y otros potiches! Enfermos de melancolía y luna . . . venid a mí. ¡Soy el mago de la alegría, que traigo el trompetín de la risa!

PRÍNCIPE: Mago, mago ¿podréis curarme?

MAGO: Por las ramas del laurel . . . y la cinta de Santa Inés . . . Que tus males se curen y se vayan al pocito negro de la pena, y para que cures del todo, cásate con la niña-niña.

PRÍNCIPE: ¿Con la niña-niña?

MAGO: Sí, con Irene. (Se saca el disfraz.)

PRÍNCIPE: ¡Irene! ¡Luego vendrán las lunas y las mieles!

MAGO: ¡Mi Príncipe preguntón!

PRÍNCIPE: ¡Irene-Irene!

NIÑA: Irene . . . García.

PRÍNCIPE: ¡Ay, Irene . . . ! ¿Te quieres casar conmigo?

NIÑA: Sí, mi Príncipe preguntón.

PRÍNCIPE: Desde hoy viviremos con el duende de la alegría en el corazón. (*Cantan juntos.*) Niña, niña que riegas la albahaca, ¿cuántas hojitas tiene la mata?

NIÑA: ¿Me enseñarás por las mañanas el gallito que todo lo canta?

PRÍNCIPE: ¡Y te enseñaré donde vive el duende del corazón!

NIÑA: ¡Ohhhhhh!

PRÍNCIPE: Sí, vive debajo de la almohada de un niño puro.

NIÑA: ¿Puro?

PRÍNCIPE: ¡Sí, puro como las cosas tontas con lechuguillas del alma! (*Cantan juntos.*)
Niña, niña que riega la albahaca,
¿cuántas hojitas tiene la mata?

Niña, niña que riegas la albahaca,
¿cuántas hojitas tiene la mata?
(*Salen todos los personajes y cantan haciendo rondas.*)

(*Cae lentamente el Telón.*)

(*No se sabe si brilla más el sol o la luna.*)

LUCK

A COMEDIC PLAY FOR CHILDREN IN THREE ACTS
BY ELENA CASTEDO

CHARACTERS
A minimum of two actors and unlimited
maximum, always divided into two groups

PROPS
As many chairs as half the number of characters
Pieces of paper representing money, about the same
number as there are characters
Two spotlights with yellow light from above

COSTUMES
Any, but each of the two groups must have
costumes of more or less the same color in order to
identify the two groups.

The following version is written for ten characters.
Thus it requires five chairs and about ten pieces of
paper representing money.

LUCK

ACT ONE

(As the play opens, children 6 to 10 are standing on the five chairs, arranged in an uneven row toward the back left side of the stage. They are making motions as if talking, but in silence. A spotlight of yellow light illuminates them. The other spotlight illuminates the area at the front right side of the stage. Children 1 to 5 come onto the stage and arrange themselves at the front right area of the stage, also as if they are talking. Then the light illuminating that area dims.)

CHILD 1: We are in shadows here already. Look, the mountain back there still has sunshine. (S/he points to the children standing on the chairs.)

CHILD 2: That's why I hate living down here in the valley; it's dark in the morning and dark in the evening.

CHILD 3: And we don't get any views down here.

CHILD 4: Up there on the mountain, they get all the summer breezes. (S/he moves arms to indicate breezes.)

CHILD 5: Why should they get all the luck? It's not fair.

CHILD 1: There must be something we can do.

CHILD 2: Why don't we move to the mountain?

CHILD 3: Because there are only five houses up there, and they took them all. (*S/he motions to the children on the chairs.*)

CHILD 4: Maybe we can exchange our houses for theirs. (*S/he moves arms to make a motion of exchange.*)

CHILD 5: What a great idea! (*S/he lifts her arms.*)

CHILD 3: Naw. They probably won't want to do that.

CHILD 4: Maybe we should pay them some extra money.

CHILD 2: How much money do we have?

(*They take out bills from their pockets, count, and share.*)

CHILD 1: We'll make them an offer they can't refuse.

(*Children 1 to 5 stir; some leap, some push one another, and they all move toward the chairs.*)

CHILDREN 1 TO 5: Yes, yes, what a great idea. Let's go. Let's go ask them!

ACT 2

(Children 1 to 5 stand in front of the children standing on the chairs and greet them with many hi's and hellos.)

CHILD 1: Hi, we are the people from the valley. We are interested in exchanging houses; our houses are very nice.

(Children 1 to 5 nod, make noises of agreement.)

(Children 6 to 10 look at one another with surprise.)

CHILD 6: Hi, thank you for your offer, but we don't want to exchange houses.

CHILD 7: We like it up here on the mountain. We get a lot of sunshine.

CHILD 8: And breezes in the summer.

CHILD 9: And we like the beautiful view of the valley.

CHILD 10: The air is very clean up here.

CHILD 7: We are so lucky to be here on the mountain.

CHILD 6: We are sorry you got the idea we wanted to exchange houses.

(*Children 1 to 5 get together, whisper to one another, search their pockets, give bills to Child 1, then face the children standing on the chairs.*)

CHILD 2: Our houses are in better shape than yours; it would be a very good deal for you.

CHILD 1: And we are prepared to pay you extra. (*Child 1 hands the wad of bills to Child 6.*)

(*Child 6 takes the bills and counts them. S/he's impressed. S/he passes them on to the other children standing on the chairs, who count them and are equally impressed. They whisper to one another, back and forth, leaning over, and finally nod to one another and distribute the bills.*)

CHILD 6: Okay. We'll exchange houses.

(*Children 6 to 10 step down from the chairs and move toward the front right area of the stage, which represents the valley.*)

(*Children 1 to 5 shake hands to congratulate one another and smile and make winning gestures as they climb on the chairs.*)

ACT 3

(*Children 1 to 5 are standing on the chairs as if talking to one another, in silence. They make gestures of being cold and tired.*)

(*Children 6 to 10 are talking in the area that represents the valley.*)

CHILD 6: I had no idea life was so pleasant down here in the valley.

(*Children 1 to 5, now standing on the chairs, stop making gestures as if "talking" to one another and now make gestures to urge one another to listen to the other group, first putting a finger to their lips, then putting a hand behind an ear or leaning forward to indicate they are listening.*)

CHILD 7: Me, too. These wells are full of delicious water.

CHILD 8: It doesn't cost much to keep houses warm in the valley.

CHILD 9: It's lovely not to have so much wind.

CHILD 10: Have you noticed how easy it is to plant a garden?

CHILD 6: The view of the mountains is beautiful.

CHILD 8: Everything is so much easier than going up and down slopes.

CHILD 7: We are so lucky to be here in the valley.

(*Children 1 to 5 make more gestures of discontent, of being tired and cold, whisper to one another, nod in agreement, search their pockets, give bills to Child 1, then step down from the chairs and move toward the group in the valley.*)

CHILD 1: We would like to get our houses back.

CHILD 6: These are our houses now, and we like them.

CHILD 2: You said before that you liked living on the mountain.

CHILD 3: We are prepared to pay you extra.

CHILD 1: We think you'll find this very attractive. (*S/he hands the wad of bills to Child 6.*)

(*Child 6 takes the bills and counts them. S/he's impressed. S/he passes them on to children 7 to 10, who count them and are equally impressed. They whisper to one another, back and forth, leaning over, and finally nod to one another. They distribute the bills.*)

CHILD 6: Okay. We'll exchange houses.

(*Children 6 to 10 move toward the chairs and climb on them.*)

(*Children 1 to 5 shake hands to congratulate one another but without as much enthusiasm as before. The light illuminates the children on the chairs.*)

CHILD 6: How nice, we still have sunshine; look, down in the valley it's all in shadows already. (*S/he points to the children in the valley.*)

CHILD 9: The air is so fresh here.

CHILD 10: What a beautiful view!

CHILD 8: And we have lots of money that the people from the valley gave us.

CHILD 7: The main thing is, we are so lucky to be here on the mountain.

La buena suerte

PEQUEÑA COMEDIA INFANTIL EN TRES ACTOS
POR Elena Castedo

PERSONAJES
Un mínimo de dos y un máximo ilimitado,
siempre dividido en dos grupos.

DECORACIÓN
Un número de sillas equivalente a la mitad de
los actores.Pedazos de papel que representen
billetes de dinero equivalente al mismo número
de actores. Dos focos de luz amarilla provenientes
de arriba.

VESTUARIO
Cualquiera, pero cada grupo debe ir vestido de
colores más o menos similares para identificar a
los dos grupos.

La siguiente versión es para diez personajes.
Por lo tanto requiere cinco sillas y unos diez
pedazos de papel que representen
billetes de dinero.

LA BUENA SUERTE

ACTO SEGUNDO

(Al abrirse la escena, los niños 6 a 10 hacen movimientos como si hablaran, pero en silencio. Están de pie sobre las cinco sillas, arregladas en una fila desigual, hacia la parte trasera y a la izquierda del escenario. Los ilumina un foco de luz amarilla. El otro foco ilumina el espacio a la derecha y hacia el frente del escenario. Los niños 1 a 5 entran al escenario y se instalan en este espacio, hacia la derecha y al frente del escenario, también haciendo come si hablaran. La luz que ilumina este espacio se apaga gradualmente.)

NIÑA/O 1: Ya hace sombra. Miren, allá arriba en la montaña todavía hay sol. (*Apunta hacia los niños de pie sobre las sillas.*)

NIÑA/O 2: Por eso me revienta vivir aquí en este valle; siempre está oscuro por la mañana temprano y oscuro al atardecer.

NIÑA/O 3: Y además, desde aquí abajo no tenemos vista.

NIÑA/O 4: Arriba en la montaña les llegan todas las brisas del verano. (*Balancea los brazos indicando brisas.*)

NIÑA/O 5: No es justo; toda la buena suerte les toca a ellos.

NIÑA/O 1: Deberíamos hacer algo.

Niña/o 2: ¿Por qué no nos mudamos a la montaña?

Niña/o 3: Porque allá arriba sólo hay cinco casas, y ya se las tomaron todas. (*Apunta hacia los niños sobre las sillas.*)

Niña/o 4: A lo mejor podríamos intercambiar nuestras casas por las de ellos. (*Hace un movimiento de brazos para indicar intercambio.*)

Niña/o 5: ¡Qué idea más buena! (*Levanta los brazos.*)

Niña/o 3: Ay. Dudo mucho que quieran intercambiar.

Niña/o 4: ¡Y si les pagamos algo extra de dinero?

Niña/o 2: ¿Cuánto dinero tenemos?

(*Sacan papeles de sus bolsillos y los muestran entre sí.*)

Niña/o 1: Podemos hacerles una oferta tan buena que no podrán decir que no.

(*Los niños 1 a 5 se alegran, algunos saltan, otros se empujan y van acercándose hacia las sillas, murmurando.*)

Niñas/os 1 a 5: ¡Sí, sí, qué buena idea, vamos, vamos a preguntarles!

ACTO SEGUNDO

(*Los niños 1 a 5 se paran frente a los niños que están de pie sobre las sillas y los saludan con muchos "Holas" y "Buenas".*)

NIÑA/O 1: Hola, nosotros vivimos abajo en el valle. Queríamos proponerles que intercambiáramos casas; nuestras casas son estupendas.

(*Los niños 1 a 5 asienten y hacen ruidos de aprobación. Los niños 6 a 10 se miran entre ellos, sorprendidos.*)

NIÑA/O 6: Muchas gracias por su oferta, pero no tenemos interés en intercambiar casas.

NIÑA/O 7: Estamos muy a gusto aquí en la montaña. Tenemos mucho sol.

NIÑA/O 8: Y brisas durante el verano.

NIÑA/O 9: Y nos encanta la hermosa vista del valle.

NIÑA/O 10: Aquí arriba el aire es muy limpio.

NIÑA/O 7: Tenemos mucha suerte de estar aquí arriba en la montaña.

Niña/o 6: Lamentamos mucho que ustedes creyeran que queríamos intercambiar casas.

(*Los niños 1 a 5 se acercan entre sí, susurran, buscan en sus bolsillos, le dan los papeles a Niña 1 y se enfrentan a los niños de las sillas.*)

Niña/o 2: Nuestras casas están en mejor estado que las de ustedes; es un negocio que les conviene mucho.

Niña/o 1: Además estamos dispuestos a pagarles algo más. (*Niña 1 le da el fardo de billetes a Niña 6.*)

Niña/o 6 (*Coge los billetes y los cuenta. Queda muy bien impresionada. Les pasa el fardo a los demás niños de las sillas, quienes los cuentan y quedan igualmente complacidos. Susurran entre ellos, de un extremo al otro, inclinándose hacia adelante, y finalmente asienten y se distribuyen los billetes.*)**:** Bueno, está bien, podemos intercambiar casas.

(*Los niños 6 a 10 se bajan de las sillas y van desplazándose hacia el frente del escenario a la derecha, que representa el valle.*)

(*Los niños 1 a 5 se dan la mano felicitándose mutuamente, sonríen, haciendo gestos de victoria y se suben a las sillas, muy contentos.*)

Aᴄᴛᴏ Tᴇʀᴄᴇʀᴏ
(*Los niños 1 a 5 están de pie sobre las sillas. Hacen gestos de tener frío y estar cansados.*)

(Los niños 6 a 10 hablan en el área que representa el valle.)

Niña/o 6: No tenía idea que la vida aquí en el valle era tan agradable.

(Los niños 1 a 5, de pie sobre las sillas, dejan de hacer gestos como si estuviesen hablando entre sí, ponen los dedos sobre los labios y hacen gestos urgiéndose unos a otros para que escuchen a los del valle, poniendo una mano detrás de la oreja o inclinando la cabeza hacia un lado para indicar que están escuchando.)

Niña/o 7: Yo tampoco tenía idea. Estos pozos están llenos de un agua deliciosa.

Niña/o 8: En el valle no cuesta nada mantener una casa.

Niña/o 9: Es estupendo no tener tanto viento.

Niña/o 10: ¿Te has fijado lo fácil que es plantar un jardín?

Niña/o 6: La vista de la montaña es preciosa.

Niña/o 8: Todo es tan fácil cuando no hay que bajar y subir cuestas.

Niña/o 7: ¡Qué suerte tenemos de estar aquí en el valle!

(Los niños 1 a 5 hacen gestos de desagrado, de tener frío y estar cansa-

dos, susurran entre ellos, asienten, poniéndose de acuerdo, registran sus bolsillos, le dan billetes a Niña 1, se bajan de las sillas y se trasladan hacia el grupo del valle.)

NIÑA/O 1: Queremos que nos devuelvan nuestras casas.

NIÑA/O 6: Es que ahora estas casas son nuestras, y nos gusta mucho estar aquí.

NIÑA/O 2: Antes nos dijeron que les gustaba mucho vivir en la montaña.

NIÑA/O 3: Estamos dispuestos a pagarles más.

NIÑA/O 1: Estamos seguros que ésto les parecerá muy buen negocio. (*Le da el fardo de billetes a Niña 6.*)

NIÑA/O 6 (*Coge los billetes y los cuenta. Le hace muy buena impresión. Se los pasa a los niños 7 a 10, quienes los cuentan y quedan igualmente complacidos. Susurran entre sí, de un extremo al otro, inclinándose hacia adelante, y finalmente asienten con la cabeza. Se reparten los billetes.*): Bueno, vale, podemos intercambiar casas.

(*Los niños 6 a 10 se dirigen hacia las sillas y se montan sobre ellas.*)

(*Los niños 1 a 5 se dan la mano para felicitarse mutuamente, pero no con tanto entusiasmo como antes. La luz ilumina los niños sobre las sillas.*)

Niña/o 6: Ay, qué bien, todavía hay sol aquí; mira, allá abajo en el valle ya tienen sombra. (*Apunta hacia el valle.*)

Niña/o 9: Ay, qué puro es el aire aquí arriba. (*Respira hondo.*)

Niña/o 10: ¡Y qué vista más preciosa! (*Abre los brazos hacia el valle.*)

Niña/o 8: Tenemos un montón de dinero que nos dieron los del valle.

Niña/o 7: Lo más importante es que tenemos una suerte enorme de estar aquí arriba en la montaña.

A Dream in the Road

by Alfonsina Storni

a mime play translated from
the Spanish by Lori Marie Carlson

CHARACTERS
Boy
Charlie Chaplin
Little Red Riding Hood
Trifón, the fat husband
Sisebuta, the nagging wife
Pinocchio
Cinderella
Giant
Dwarf

PROPS
Fake snow
Harmonica
Bouquets of flowers
Cane
Some fruit
Woven basket
Small glass shoe

COSTUMES
For the boy, rags, to suggest his poverty;
all other characters dressed as names suggest

A Dream in the Road

Scene

A very poor child is sleeping in the middle of a road. Charlie Chaplin enters and tickles him with his cane; the boy smiles, and then Charlie makes all kinds of pirouettes around him. Finally, Charlie puts his hat on and sits down on a rock alongside the road. Then Little Red Riding Hood comes along holding bouquets of flowers and her basketful of food. She sits down by the boy's side, pats him gently, and takes off her cape and drapes it over him. She notices Charlie Chaplin and goes over to talk with him. Trifón enters, running away from Sisebuta, and then he goes to the boy, complaining with gestures that Sisebuta is treating him badly. Sisebuta wants to hit Trifón and the boy, but Charlie Chaplin intervenes by trying to calm everybody down, and Little Red Riding Hood invites them to eat some fruit. Later, Pinocchio runs in playing the harmonica. He sits down next to the boy and plays a popular tune; he puts the harmonica in the boy's hand and goes to sit next to the others, who call out to him to have some fruit. (While they eat, Sisebuta tries to stop Trifón from eating.) A sad Cinderella with long, wavy blond hair enters with her small glass shoe. She dances a melancholic dance around the boy. The others come closer to the boy to see Cinderella dance and they

stay beside him. Then the Giant and the Dwarf enter holding hands. When the others see them, they rejoice and
begin to serenade the boy, who sleeps fitfully. When they
are finished singing their song, they take away what each
has given the boy and they leave. The boy wakes up; he
looks for them in vain and makes gestures as if to say that
he has dreamed everything that has happened. He looks for
something to eat but finds nothing. He looks into a bag that
is next to him and gestures to indicate that it's empty. So he
lies down on the ground again and falls asleep. Snow falls
softly on him.

(*The entire scene should be accompanied by very delicate music. The
song, for which music can be found on page 107, should be sung
neither too loudly nor too softly.*)

We are here—
Pinocchio the glutton,
the good Charlie Chaplin,
and the fat Trifón.
The Dwarf
and the Giant
and Cinderella,
whom the prince loved.
Also Sisebuta,
who even came here,
and we all danced
around you.

Wake up, wake up,
it is night,
the stars are out,
joined by the moon . . .
Don't stay behind,
the wolf is around,
follow us, we're leaving—
poor boy . . . good-bye! . . .

Un sueño en el camino

por Alfonsina Storni

mimodrama

PERSONAJES
Niño
Carlitos Chaplín
Caperucita Roja
Trifón
Sisebuta
Pinocho
Cenicienta
El Gigante
El Enano

DECORACIÓN
Nieve de fantasía
Armónica
Ramos de flores
Bastón
Unas frutas
Una canasta
Un pequeño zapato plástico

VESTUARIO
Para el chico, ropa de pobreza y
para los demás, ropa que refleja sus nombres

Escena

Un niño muy pobre está durmiendo en mitad de un camino. Entra Carlitos Chaplín y le hace cosquillas con el bastón; el niño sonríe y entonces Carlitos le hace toda clase de piruetas; por fin le pone su galera en la cabeza y va a sentarse en una piedra del camino. Viene Caperucita Roja con flores en las manos y su canasta con comida; se sienta al lado del niño, lo acaricia, se saca un abriguito que lleva y lo tapa. Ve luego a Carlitos Chaplín y se va a conversar con él. Entra Trifón huyendo de Sisebuta; se acerca al niño, se queja con gestos, de que Sisebuta lo maltrata. Sisebuta quiere pegarle a Trifón y al niño; interviene Carlitos, pacificándolos, y Caperucita los invita a comer frutas. Luego llega corriendo Pinocho, tocando una armónica. Se sienta al lado del niño y le entona un motivo popular; pone en la mano del niño la armónica y va a juntarse con los demás que lo llaman e invitan a comer frutas. (Mientras comen, Sisebuta se empeña en que Trifón no coma.) Entra Cenicienta triste, con su pequeño zapatito de raso y su gran cabellera rubia; danza alrededor del niño un baile melancólico, para verla danzar se le acercan todos y quedan junto al niño. Entonces vienen el gigante y el enano tomados de la mano. Al verles llegar todos se regocijan y haciendo una ronda cantan la canción que se detalla al pie, alrededor del dormido, que se agita en sueños. Cuando terminan su canto cada uno recoge lo que regaló al niño y huyen. El niño se despierta; los busca inútilmente; hace gestos de que ha soñado. Busca a su alrededor algo para comer y no encuentra nada; revisa una bolsita que tiene a su lado y hace señas de que está vacía. Se tiende en el suelo y vuelve a quedarse dormido. La nieve cae sobre él.

(*Todo el cuadro debe acompañarse constantemente de una música delicada. La canción, cuya letra va al pie, debe cantarse a media voz.*)

Estamos aquí—
Pinocho el glotón,
Carlitos el bueno,
y el gordo Trifón.
El gnomo pequeño,
el gran gigantón,
y la Cenicienta,
que el príncipe amó.
También Sisebuta,
hasta aquí llegó,
y bailamos todos
a tu alrededor.
Despierta, despierta,
la noche llegó,
están las estrellas,
la luna se alzó . . .

No te quedes solo,
que el lobo se vió,
síguenos, nos vamos—
pobre niño . . . ¡adiós! . . .

BY ALFONSINA STORNI • ARRANGED BY JOSÉ H. VALSANGIÁCOMO

CHRISTMAS FANTASY

BY OSCAR HIJUELOS

CHARACTERS
Santa Claus
Mrs. Claus
Peachpit, Persimmon, Birdbrain,
and the rest of the Elves (as many as desired)
Rico Pollo, the reporter
Dancer, the reindeer
Birdman
Snow Fairie
Angel of Light

SET
Santa's workshop

PROPS
Toy hammers
Candy
Writing pad
Christmas binder
Pencil
Workbenches
Sparkly confetti
Finger cymbals
Wristwatch
Fake snow

SOUND EFFECTS
Christmasy piano music

COSTUMES
Appropriate to the characters, as names suggest

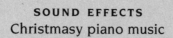

CHRISTMAS FANTASY

SCENE 1

(*One minute*)

(*Santa's workshop: The elves are cued in by the Christmas music and then set to work. Routine in which elves get on one another's nerves, a scene culminating in crazy, squeaky, ad-libbed elf talk.*)

SCENE 2

(*Music ends in a crash. Enter Mrs. Claus.*)

MRS. CLAUS: Peachpit! Persimmon! Birdbrain! Quiet! You know how nervous Santa is today. Becoming *Time* magazine's Man of the Year. Beating out the President has made him really jumpy! You should be better behaved. Santa has an interview today. (*She looks at watch.*) Why, the reporter should be here any second now. (*Looking around*) Where is he? Santa! Santa!

(*They all rush to peek out the door.*)

ELF (*squeaky-voiced*): I see him!

(*Snow is whooshing in. Whooshing sounds. Sleigh bells, too.*)

MRS. CLAUS: I guess he is at the Ice Palace with the reindeer.

I saw him there early this morning pacing the floors, but I thought he'd be back by now. Oh, he's nervous, and . . . also a little sad.

ELF: But why?

MRS. CLAUS: How you elves forget! Because at Christmas, when Santa makes the children of the world so happy, he thinks about our little baby, whom he packed away with the gifts one year.

ELVES: Oh no!

MRS. CLAUS: Yes, it's true. Many years ago, Santa was so excited about giving presents to the children, that he absentmindedly put our little baby, big as a doll, in a bag and left him under somebody's tree. Whose tree, we never found out. (*She sighs—elves sigh, too.*) And since then, for Santa, Christmas has not been the same.

ELVES (*screeching*)**:** Oh, poor Santa Claus!

SCENE 3

(*We hear a bell. Elves rush to the door. Standing there is Rico Pollo, skeptical and suspicious of these oh-so-cheerful elves.*)

MRS. CLAUS: Ah, that must be the reporter now.

(*Enter Rico.*)

MRS. CLAUS: Sir? Are you the reporter?

RICO: Yes. My name is Rico Pollo.

MRS. CLAUS: A nice name for a nice face. (*She pinches his cheeks.*) Please sit down. I'll get Santa Claus.

(*Elves work merrily along. Suddenly, we see Birdman, twittering away and doing a turn around the parlor. He's cheeping, twittering, and, as he passes the children in the audience, throwing up handfuls of candy. Elves continue to work away. Rico does a double take at audience. Birdman exits. Reenter Mrs. Claus, followed by Santa Claus. He is jolly, thumping his belly, covered by snow, and saying, "Ho, ho, ho." More snow effects.*)

RICO (*with terrified respect*)**:** Mr. Christmas. Sir!

SANTA: No formality with me, young man. Just call me Santa.

(*They sit down. Rico gets out pad. Santa has his own pad, a Christmas paper–covered binder.*)

RICO: Well, Santa, I have some questions to ask you, from my notes.

SANTA: Go ahead. I have my notes, too. The memory goes when you're two thousand years old.

RICO: Two thousand?

SANTA: Yes. I was born in the year one. More or less.

RICO (*scribbling*): Fantastic. Our readers will be interested in that. Now, let me ask you: What did your parents do?

SANTA: Well, my mother and father worked for the light company.

RICO: Wait a minute. Light company, two thousand years ago?

(*Santa points up at the sky. Stellar crescendo on piano—magical, mystic, evocative of celestial things.*)

SANTA: The lights *up there*. (*Emphasizing*) They were *angels*.

RICO: Yes, well. Can you tell our readers, and their children, something about the tradition of Christmas? For example, why do people have Christmas trees?

SANTA: Well, the Christmas-tree tradition started in Germany hundreds of years ago. People who lived in the forest believed that good spirits lived in trees. And so at Christmas they would bring trees into their homes.

RICO: And the ornaments?

SANTA: The ornaments were used to honor the tree spirits of Christmas. And also to keep bad spirits away.

ELVES (*wishing to drive evil spirits away*)**:** Ssshhhoooooooo!

SANTA (*stoically*)**:** Sometimes I wish the elves would go on vacation.

RICO: And . . . what about the Twelve Days of Christmas? Does the idea really come from an ancient Roman holiday?

SANTA: Yes. The Romans of old had a December festival that lasted for twelve days. It was in honor of my old friend the god Saturn, and the emperor would give people wine, bread, money. And, of course, toys for the children.

RICO: Did you—

(*Just then, Birdman comes running through again.*)

RICO: Excuse me, but what is that?

SANTA (*laughing*)**:** That's Pee-pee, the magic bird. A Roman emperor gave him to me.

RICO: You knew Roman emperors?

SANTA: A few. I knew Julius Caesar and Augustus. What good boys they were! But that Caligula and Vespasian! They were terrible. They never got anything for Christmas!

RICO: Another question, Santa. If you're so very big and fat, how come people never see you coming into their houses at Christmas?

SANTA: I make myself invisible.

RICO: But how do you get into people's houses?

SANTA: I shrink myself down until I'm small enough to slip through chimneys and peepholes.

RICO: What everybody really wants to know is how you came to choose reindeer to pull your sleigh.

SANTA: Hmmmm, a good question. Well, first I tried elephants, but they were too messy. (*Elves hold noses.*) And when they landed on the rooftops, *boom*, they fell down. (*Elves fall off their bench.*) Then I tried tigers, but they ate the presents and some of the people, too. Then turtles, but they were too slow. Giraffes were too tall; people could see them from far away.

RICO: And then?

SANTA: One cold day, I was sitting around. It was so freezing that ice cubes came out of the faucets. And the mice had to wear gloves. Well, I was making a nice fire in that fireplace (*points to fireplace*) when I heard a noise like a horn. (*We hear a hornlike call.*) Just like that.

(*Mrs. Claus gets up and looks out door.*)

MRS. CLAUS: Why, it's our reindeer Dancer.

SANTA: And it was Dancer whom I heard calling out from the cold. I found him outside, shivering, and brought him into this house to get warm. He was so happy, he said he and his friends would pull my sleigh. A nice reindeer. Do you want to see him?

RICO: Oh yes.

SANTA AND MRS. CLAUS: Oh, Dancer! Oh, Dancer, come here!

SANTA: Oh, that Dancer! He's so shy. But you know what will get him in here? If he hears the Snow Fairie singing. He loves music. (*Snapping fingers*) Snow Fairie, appear!

(*Enter Fairie Queen. Turning in circles, an apparition of pure beauty and tinsel, throwing sparkles into the air. She takes a place in the corner, awaiting the entrance of Dancer.*)

(*Music cue—*La Bohème)

SANTA AND MRS. CLAUS: Oh, Dancer! Come here!

(Now begins a Dance of Shyness. Dancer peeks his head in—antlers showing—and slowly, slowly enters the room. He is honking to this delicate music. His honking alerts the Fairie Queen, who begins to sing "Come here" to the melody of La Bohème. Slowly, Dancer enters the room. Then, new music cue—Dancer does ballet, perhaps joined, after a time, by Birdman, and by Snow Fairie. She has finger cymbals, if possible. Elves get into act, throwing glitter into the air, et cetera. End of dance. Exit.)

SCENE 4: FINALE

RICO: That was really something, Santa. Quite some life you have here.

SANTA: Yes, it's very good except for one thing. (*Sits down sadly. Music cue, melodramatic.*) You see, years ago, I had a cute little baby with Mrs. Claus, named Rico, like you. And one Christmas, I was packing presents for the children of the world . . . Ah, but it's so sad, I can't go on. . . .

RICO: No, please tell me. . . .

SANTA: It was like this. One night, we were putting all the dolls and toy soldiers and balls and candies in bags, when, by mistake, I took my little baby and put him in the bag with all the presents. I felt so bad!

RICO: When was that, Santa Claus?

SANTA: Let's see. It was just about thirty years ago. Thirty years ago that I left my baby—I remember now—I felt the bag moving but didn't think about it. It was in Rome. Yes, Rome.

RICO: Rome! That is where I grew up. You know, my parents always told me that I was the best Christmas present they ever had. They found me under their Christmas tree thirty years ago exactly. (*Mouth opened*) Could it be?

(*Stunned and apprehensive, Santa and Rico look at each other with great longing. They circle each other, then stop. Music cue—dramatic crescendo.*)

SANTA: Son?

RICO: Papa?

SANTA: Son? Son?

RICO: Oh, Papa! Oh, Mama!

MRS. CLAUS (*to audience*): Oh, isn't life so wonderful! Now there will be a joyous Christmas for all.

(*Enter the Angel of Light and all others.*)

MRS. CLAUS: It's the Angel of Light coming to help Santa give out presents to the children. She comes only when people are happy. So, Merry Christmas!

ALL: Merry Christmas!

(*Music into carols. Sparkles in the air, and out. Curtain falls.*)

Fantasía de Navidad

POR OSCAR HIJUELOS

traducido al español por Osvaldo Blanco

PERSONAJES
Santa Claus
Sra. Claus
Carozo, Caqui, Mentecato y los demás
Duendes (tantos como se deseen)
Rico Pollo, el reportero
Bailarín, el reno
Hombre Pájaro
Hada Nieve
Ángel de la Luz

ESCENA
El taller de Santa Claus

DECORACIÓN
Martillos de juguete
Dulces
Cuaderno para escribir
Carpeta forrada en papel de Navidad
Lápiz
Bancos de taller
Confeti brillante
Címbalos

Reloj
Nieve de fantasía

EFECTOS DE SONIDO
Música de Navidad tocada al piano

VESTUARIO
Ropa apropiada a los personajes

FANTASÍA DE NAVIDAD

ESCENA 1

(Un minuto)

(Taller de Santa. Los Duendes van entrando guiados por la música navideña y se ponen a trabajar. Rutina en la que los duendes se irritan mutuamente, culminando la escena en una confusa y enloquecedora gritería de duendes.)

ESCENA 2

(La música concluye en un estrépito. Entra la Señora Claus.)

SRA. CLAUS: ¡Carozo! ¡Caqui! ¡Mentecato! ¡Silencio! Ya saben que Santa está muy nervioso hoy. Ser nombrado El Hombre del Año por la revista *Time*, ¡y haberle ganado así al Presidente lo han puesto realmente quisquilloso! Deben comportarse mejor. Santa tiene una entrevista hoy. (*Mira su reloj.*) Vaya, el reportero estará aquí en cualquier momento. (*Mirando a su alrededor.*) ¿Dónde está Santa? ¡Santa! ¡Santa!

(Todos se precipitan a echar una mirada afuera desde la puerta.)

DUENDE (*con voz chillona*): ¡Lo veo!

(Entra nieve en ráfagas sibilantes. Sonidos sibilantes. También cascabeles.)

SRA. CLAUS: Creo que está en el Palacio de Hielo con los renos. Esta mañana lo vi por allá caminando de un lado a otro, pero ya tendría que estar de regreso. Oh, está nervioso, y . . . también un poco triste.

DUENDE: Pero, ¿por qué?

SRA. CLAUS: ¡Qué olvidadizos son ustedes los duendes! Porque en esta época de Navidad, cuando Santa hace tan felices a todos los niños del mundo, se acuerda de nuestro pequeño bebé al que un año empaquetó con los regalos.

DUENDES: ¡Oh, no!

SRA. CLAUS: Sí, es verdad. Hace muchos años, Santa estaba tan entusiasmado con los regalos que daría a los niños, que distraídamente puso a nuestro pequeño bebé, no más grande que un muñequito, en una bolsa y lo dejó bajo el árbol de alguien. Nunca pudimos averiguar en el árbol de quién fue. (*Suspira . . . Los duendes suspiran también.*) Y desde entonces, para Santa, las Navidades nunca han sido como antes.

DUENDES (*Gritando*): ¡Oh, pobre Santa Claus!

ESCENA 3

(*Se oye un timbre. Los duendes se precipitan a la puerta. Se presenta Rico Pollo, escéptico y receloso de esos duendes tan alegres.*)

SRA. CLAUS: Ah, ése debe ser el reportero.

(*Entra Rico.*)

SRA. CLAUS: ¿Señor? ¿Es usted el reportero. . .?

RICO: Sí. Me llamo Rico Pollo.

SRA. CLAUS: Bonito nombre para una cara bonita. (*Le pellizca las mejillas.*) Siéntese, por favor. Iré a buscar a Santa Claus.

(*Los duendes trabajan entretanto alegremente. De pronto se ve a un Hombre Pájaro, que pasa gorjeando y da una vuelta por la sala. Pía, gorjea y, al pasar junto a los niños del público, arroja puñados de golosinas. Los geniecillos continúan trabajando. Rico reacciona tardíamente mirando al público con sorpresa. El Hombre Pájaro sale. Vuelve a entrar la Sra. Claus. Tras ella entra Santa Claus, jovial, dándose golpazos en el vientre, cubierto de nieve y entonando "Ho, ho, ho". Más efectos de nieve.*)

RICO (*Amedrentado, con respeto.*)**:** Señor Navidad. ¡Señor!

SANTA: Deje la formalidad conmigo, joven. Puede llamarme Santa.

(*Se sientan. Rico saca un cuaderno de notas. Santa tiene su propio anotador, una carpeta forrada con papel de Navidad.*)

RICO: Bueno, Santa, tengo algunas preguntas para usted, aquí entre mis notas.

Santa: Adelante, yo también tengo mis notas. La memoria empieza a fallar cuando uno llega a los dos mil años de edad.

Rico: ¿Dos mil?

Santa: Sí. Nací en el año uno. Más o menos.

Rico (*Rico escribe de prisa.*): Fantástico. A nuestros lectores les interesará eso. Ahora permítame preguntarle: ¿de qué vivían sus padres?

Santa: Bueno, mi madre y mi padre trabajaban los dos en la compañía de electricidad.

Rico: Un momento. ¿Compañía de electricidad . . . hace dos mil años?

Santa (*Santa señala el cielo. Crescendo estelar ejecutado por piano. Mágico, místico. Evocador de cosas celestiales.*): Las luces allá arriba. (*Con énfasis.*) Eran ángeles.

Rico: Ajá, bueno. ¿Puede decir algo a nuestros lectores, y a sus niños, acerca de la tradición de la Navidad? Por ejemplo, ¿por qué tiene la gente árboles de Navidad?

Santa: Bueno, la tradición de la Navidad comenzó en Alemania hace cientos de años. La gente que habitaba en el bosque creía que los buenos espíritus vivían en los árboles. Entonces, en Navidad, llevaban árboles a sus casas.

RICO: ¿Y los adornos?

SANTA: Los adornos se usaban para honrar a los espíritus de los árboles de Navidad. Y también para mantener alejados a los malos espíritus.

DUENDES: ¡Sssshhhuuuuuuuu! (*tratando de espantar a los malos espíritus.*)

SANTA (*Estoicamente*): A veces desearía que estos duendes se fueran de vacaciones.

RICO: Y . . . ¿qué puede decirnos de los Doce Días hasta la Navidad? ¿Esa idea tuvo origen realmente en una antigua fiesta romana?

SANTA: Sí. Los romanos de la antigüedad tenían en diciembre un festival que duraba doce días. Se celebraba en honor de mi viejo amigo el dios Saturno, y el emperador daba al pueblo vino, pan y dinero. Y, por supuesto, juguetes para los niños.

RICO: ¿Usted. . . ?

(*En ese momento, el Hombre Pájaro atraviesa corriendo la escena nuevamente.*)

RICO: Disculpe, pero, ¿qué es eso?

SANTA (*Riendo*): Ese es Pío-pío, el pájaro mágico. Me lo regaló un emperador romano.

RICO: ¿Usted conoció emperadores romanos?

SANTA: Algunos de ellos. Conocí a Julio César y a Augusto. ¡Qué buenos muchachos eran! ¡Pero Calígula, y Vespasiano! . . . ¡Aquellos dos eran terribles! ¡Nunca recibieron nada para Navidad!

RICO: Otra pregunta, Santa. Siendo usted tan grande y gordo, ¿cómo es que la gente nunca lo ve entrar en sus casas en Navidad?

SANTA: Porque me hago invisible.

RICO: ¿Pero cómo se mete en las casas de la gente?

SANTA: Me achico hasta hacerme tan pequeño que puedo deslizarme por las chimeneas y las mirillas.

RICO: Lo que todo el mundo quiere saber realmente es cómo decidió usted elegir a los renos para tirar de su trineo.

SANTA: Hummm . . . buena pregunta. Bueno, primero probé con elefantes, pero eran demasiado sucios. (*Los duendes se tapan las narices.*) Y cuando aterrizaban en los techos,

¡BUUM!, se caían. (*Todos los duendes caen de su banco.*) Entonces traté con tigres, pero ellos se comían los regalos y, también, alguna gente. Después, con tortugas, pero eran muy lentas. Las jirafas eran demasiado altas; la gente podía verlas desde lejos.

Rico: ¿Y entonces?

Santa: Un día de mucho frío estaba yo sentado sin hacer nada. Hacía tanto frío que de los grifos salían cubitos de hielo. Y los ratones tenían que usar guantes. Pues bien, me había puesto a encender un buen fuego en ese hogar (*señala la chimenea*) cuando oí un ruido como de un cuerno. (*Se oye una llamada como de cuerno.*) Así, tal cual.

(*La Sra. Claus se levanta y mira afuera desde la puerta.*)

Sra. Claus: Vaya, es Bailarín, nuestro reno.

Santa: Y era Bailarín a quien oí llamando desde afuera en el frío. Estaba temblando y lo hice entrar en la casa para calentarse. Se sintió tan feliz que dijo que él y sus amigos tirarían de mi trineo. Un reno simpático. ¿Quiere verlo?

Rico: Oh, sí.

Santa y Sra. Claus: ¡Eh, Bailarín! ¡Eh, Bailarín, ven acá!

Santa: ¡Oh, ese Bailarín! Es tan tímido. ¿Pero sabe qué lo hará venir? . . . Si oye cantar a Hada Nieve. Le encanta la música. (*Chasqueando los dedos*) ¡Hada Nieve, aparécete!

(*Entra Hada Nieve, moviéndose en círculos, una aparición de belleza diáfana y oropel, arrojando centellas al aire. Se ubica en un rincón, esperando la entrada de Bailarín.*)

(Entrada musical: La Bohème)

Santa y Sra. Claus: ¡Oh, Bailarín! ¡Ven aquí!

(*Comienza ahora una danza tímida. Bailarín asoma la cabeza, mostrando sus cuernos, y lentamente, lentamente, entrando en la sala. Acompaña bramando la delicada música. Sus bramidos alertan a Hada Nieve, que empieza a cantar "Ven aquí" con la melodía de La Bohème. Bailarín entra en la sala lentamente. Entonces, nueva entrada musical: Bailarín da pasos de ballet, acompañado quizá poco después por Hombre Pájaro y por Hada Nieve. Ésta tiene, de ser posible, castañuelas. Se unen a la danza los duendes, arrojando destellos al aire, etc., etc. Fin de la danza. Mutis.*)

ESCENA 4. GRAN FINAL.

Rico: Eso estuvo realmente extraordinario, Santa. Muy buena vida pasa usted aquí.

Santa: Sí. Muy buena, con excepción de una cosa. (*Se sienta* *con tristeza. Entrada musical, melodramática.*) Verá usted, hace años teníamos la Sra. Claus y yo un bebé encantador que se llamaba Rico, como usted. Y una Navidad yo estaba empaquetando los regalos para los niños del mundo . . . Ooh, pero es tan triste, no puedo seguir contando . . .

RICO: No, por favor, cuénteme . . .

SANTA: Fue así. Una noche estábamos poniendo en bolsas todos los muñecos, muñecas, soldaditos de juguete, pelotas y dulces, cuando, por error, tomé a mi bebito y lo puse en la bolsa con todos los regalos. ¡Me quedé tan triste!

RICO: ¿Cuándo ocurrió eso, Santa?

SANTA: Veamos. Fue justamente hace treinta años. Treinta años que dejé mi bebé . . . ahora me acuerdo . . . noté que algo se movía, pero no presté atención. Era en Roma. Sí, en Roma.

RICO: ¡Roma! Allá fue donde yo me crié. ¿Y sabe una cosa? Mis padres siempre me decían que yo fui el mejor regalo de Navidad que jamás recibieran. Me encontraron bajo el árbol de Navidad hace treinta años, exactamente. (*Boquiabierto.*) ¿Podría ser?

(*Pasmados y temerosos, Santa y Rico se miran el uno al otro con gran ansiedad. Dan vueltas el uno en torno del otro, luego se detienen. Entrada musical. Crescendo dramático.)*

SANTA: ¿Hijo?

RICO: ¿Papá?

SANTA: ¿Hijo? ¿Hijo?

RICO: ¡Oh, Papál ¡Oh, Mamá!

SRA. CLAUS (*Al público.*)**:** ¡Oh! ¿No es maravillosa la vida? Ahora tendremos una Navidad feliz para todos.

(Entran el Ángel de la Luz y todos los demás.)

SRA. CLAUS: Es el Ángel que viene a ayudar a Santa a repartir los regalos a los niños. Solamente viene cuando la gente es feliz. Entonces, ¡Feliz Navidad!

TODOS: ¡Feliz Navidad!

(Música de villancicos. Centelleos en el aire, y fuera. Cae el telón.)

ABOUT THE PLAYWRIGHTS

PURA BELPRÉ

Born in Puerto Rico, Pura Belpré lived most of her life in New York City. The first librarian of Hispanic descent in the New York Public Library system, Ms. Belpré came to be known as a writer of many children's stories and a leader in the field of bilingual education. Among her beloved books are *Pérez y Martina*, which she also presented as a puppet play. Her short lyrical play, *Remembranzas tropicales*, was found in the archives of her work at the Center for Puerto Rican Studies at Hunter College in New York and is published for the first time, posthumously, in this collection.

ELENA CASTEDO

Elena Castedo's novel, *Paradise*, was nominated for a National Book Award in 1990. She was born in Barcelona, Spain, and raised in Chile. She received her Ph.D. from Harvard and is the author of a critical study of Chilean theater. Ms. Castedo lives in Cambridge, Massachusetts. *Luck* was written for this collection.

FEDERICO GARCÍA LORCA

Federico García Lorca was one of Spain's greatest poets and playwrights, whose best-known plays include *The House of Bernarda Alba* and *Blood Wedding*. His play *La niña que riega la albahaca y el príncipe preguntón* was presented in Lorca's house on Three Kings' Day, 1923, with music by Manuel de Falla. It was published for the first time in 1982 in Argentina in the magazine *Títere*, and later in *Anales de literatura española contemporánea*, but it is published in English for the first time in this collection, with the permission of the Fundación Federico García Lorca. This written version is based on Manuel de Falla's recollection of the original version, which unfortunately has been lost.

OSCAR HIJUELOS

Although Oscar Hijuelos began his literary career by writing plays at the City College of New York, he turned to the novel early on. Among his acclaimed work is *The Mambo Kings Play Songs of Love*, which won the Pulitzer Prize in 1990, and *Mr. Ives' Christmas*. *Christmas Fantasy* was written in 1985, when the author—who had just won the Rome Prize for his first novel, *Our House in the Last World*—was living and working at the American Academy in Rome. The play was written for the children of the fellows at the American Academy for their annual Christmas party. It is published here for the first time.

DENISE RUIZ

Denise Ruiz, born in 1977, grew up in Brooklyn, New York, and is of Puerto Rican parentage. She is currently working in the fashion industry and studying at the Fashion Institute of Technology. Her play *The King* won first prize in the New York City High School Playwriting Competition in 1995 and was produced at the Public Theater as part of the Young Playwrights Festival in New York. *Jump In* was written for this collection.

GARY SOTO

Gary Soto was born and raised in Fresno, California. He is the author of many books of poetry and prose, including *The Elements of San Joaquin*, *Living Up the Street*, *Baseball in April*, and *Local News*. He has produced several films for Spanish-speaking children and is the editor of *Pieces of the Heart: New Chicano Fiction*. He is also the author of the one-act play *Novio Boy* and another, titled *Nerd-Landia*, which the Los Angeles Opera commissioned to be staged for high school students. *These Shoes of Mine* was written for this collection and is published here for the first time.

ALFONSINA STORNI

Alfonsina Storni, an Argentine poet, was one of the best-known Latin American poets of the Modernist movement, but she also wrote plays—some of which were accompanied by her musical compositions—especially for children, from 1922 until 1938, the year of her death.